小学館文庫

蟲愛づる姫君

王子は暁に旅立つ

宮野美嘉

小学館

目次

序章

魁(かい)国の後宮には、特別な女人が二人存在している。

一人は大陸随一の大帝国斎(さい)の皇女であり、魁の国王楊鍠牙(ようこうが)へと嫁いできた王妃李玲琳(りれいりん)。美しく高貴なこの王妃に対して、後宮に仕える女官や衛士(えいし)たちはこの上ない畏敬の念を抱いている。

もう一人は、鍠牙の母にして先代国王の正妃であった、王太后夕蓮(ゆうれん)。美しく心優しいこの女性を愛さないものは、後宮にはただの一人もいない。しかしいま彼女は、後宮の庭園の外れにある小さな離れに隔離されて暮らしている。病ゆえに表へ出ることができなくなり、息をひそめて一人寂しく過ごしているのだ。

表向きはそう……言われている。

季節は厳しい冬を迎え、北風がびょうびょうと吹き付ける王宮の庭園は物悲しい気配を漂わせていた。

冷えた色彩の庭園を、王妃玲琳と二人の幼児が歩いている。

彼女の周りをちょこまかしているのは玲琳と鍠牙の間に生まれた双子の子供たち。第一王女火琳(かりん)と、第一王子炎玲(えんれい)だ。

美貌の王妃は寂しい景色を彩るかのごとく鮮やかな衣に身を包み、悠然と歩みを進めた。

後に続く双子はひらひらと蝶(ちょう)のようにじゃれあい、花のような笑みを振りまく。

そして彼らの後にはお供のものが大勢付き従っていた。

主たちを崇敬のまなざしで見つめる彼らもまた艶(あで)やかな彩りで、その一行は花が咲き乱れているかのようであった。

王妃の一行が向かったのは、後宮の庭園の外れにしつらえられた小さな離れだった。

清潔かつ小ぎれいに整えられているが、そこには人が寄り付かず、寂しげな空っ風が……吹いてはいなかった。

ひっそりと佇(たたず)む離れの窓の外に、十人を超える女官たちが集い、華やかな笑い声を立てているのである。

寒空の下、敷物を敷き、菓子や茶を口にしながら、頬を朱に染めて瞳をキラキラと輝かせている女たちの群れ。まるで恋い慕う特別な相手を前にしているかのような、華やいだ桃色の空気。真冬にもかかわらず、離れの一角だけに春日が降り注いでいるかのようであった。

その光景を目の当たりにした玲琳は、それでも足を止めることなく離れに近づいた。

それに気づいた女官たちが顔を上げて王妃一行を振り向き、たちまち顔色を変える。

「ひっ……きゃああああああああ!!」

絶叫が空を切り裂く。

彼女たちが見ているのは玲琳の背後、玲琳と双子のお供をしているものたちの姿だった。それは人ではなく、もちろん牛や馬でもない。極彩色に染められた体をグネグネと伸び縮みさせながら前進する、巨大な蛭の群れだったのだ。

蠱師というものがいる。

百蠱を甕に入れて喰らい合わせ、残った一匹を蠱として人を呪う術者のことだ。

李玲琳という王妃は、皇女として生まれながら蠱師を母に持つ、正真正銘の蠱師なのだった。

そんな王妃を、周囲の人々は恐れ、気味悪がり――そして敬う。

蛭の群れを引きつれた玲琳を見た女官たちは逃げることもできずに腰を抜かし、全員で抱き合った。

玲琳は真冬の猿よろしく固まって震えている女官たちを見やり、やれやれとため息をついた。

「ここには近づくなと言われているはずよ？　それなのに言いつけを破って……勝手

にこんなことをして……お前たちは悪い子ねえ？」

玲琳が冷ややかなまなざしを順に送ると、女官たちはひときわ大きく震え上がった。

かつて玲琳が嫁いだばかりの頃、彼女たちは玲琳に対して攻撃的に振る舞ったものだ。気に食わない大国の皇女。気味の悪い蟲師。しかし今や、この王妃に逆らおうなどという命知らずな者はこの後宮に一人もいない。

女官たちは青い顔で震え続けている。下手を打てばたちまち蛭の餌食になる……そんなことを思っているのだろう。

「か、勝手なことをしたのは分かっていますわ。だけど……こんな寂しいところにお一人で……あまりにも……」

女官たちは怯（おび）えながら訴えるが、その語尾は寒空に消えた。

玲琳が軽く腕組みして彼女たちを見据えていると、不意に離れの窓から純白の光が零（こぼ）れた。いや――光ではない。それは真白い女の腕だった。

「いやだ……そんなに怒らないで」

ゆらゆらと腕を揺らし甘やかに声を響かせたのは、離れに幽閉された女――国王楊鍠牙の母、夕蓮だった。

「この子たちはね、病気でここから出られない私を心配して、遊びに来てくれただけなんだから」

そう、彼女自身が言う通り、夕蓮は病ゆえに表へ出ることができなくなり、息をひそめて一人寂しく過ごしている――と、表向きは言われている。だが、それが真っ赤な嘘(うそ)であることを玲琳はよく知っていた。

夕蓮が幽閉されているのは病ゆえではない。彼女がここへ閉じ込められているのは、彼女の罪ゆえである。

そう――この女は咎人(とがにん)だ。

夕蓮という女は、実の息子に毒を飲ませ、息子の花嫁にも毒を盛り、重要な会談の場にも悍(おぞ)ましい蠱を放った、正真正銘の罪人なのだ。

そして同時に、蠱師の血と素質を受け継ぎ、人や蟲や獣……ありとあらゆるものの愛情を強制的に喚起する、生まれながらの化け物でもあった。

それゆえに、彼女の息子にして最大の被害者である鍠牙は、人がここへ近づくことを禁じているのである。

「鍠牙に怒られるかもしれないのに、毎日目を盗んで来てくれるわ。みんなとっても優しいのよ。私が寂しがっているんじゃないかって心配してくれるの。おいしいお菓子やきれいなお花、おもしろい読み物も持ってきてくれるし、すてきな歌や外のいろんなお話も聞かせてくれるわ。私はみんなに愛されて、本当に幸せ」

格子窓から夕蓮が顔をのぞかせた。女官たちは玲琳への恐怖を忘れてうっとりとその姿に見入る。

完璧という錯覚をもたらす神の造形美。この世のありとあらゆるものを虜にする美貌の女がそこにいた。花のようなと評すれば、花は恥じ入って散るだろう。もうすぐ五十になろうかというのに、その美貌にはわずかの陰りも見えなかった。年齢という概念は彼女の足元にひれ伏したらしい。

「ねえ、だからどうか怒らないでね」

夕蓮はおっとりと微笑んだ。玲琳は思わず苦笑する。

本当に……実在するのが信じられないほどの化け物だ。

夕蓮に近づいてはならない——という鍠牙の命令が全く守られていないことは、もはや周知の事実なのだ。

夕蓮に魅了される者たちは罰を受けようとも彼女を求めてここへ通ってくるし、衛士は見て見ぬふりをし続けている。それに何より、後宮の主である玲琳自身が毎日のように彼女のもとを訪れているのだ。何しろ玲琳にとって夕蓮は初めての友人ともいえる相手で、彼女がどのような化け物であろうとも、その座を返上する気はないのだから。

「仕方がないわね、咎めるつもりはないわ。片づけてさっさとお行き」

玲琳がぱっと手を振ると、女官たちは慌てて片づけ、その場を立ち去った。

彼女たちの姿が見えなくなると、玲琳は離れに近づいて窓越しに夕蓮を見上げた。

「お前は相変わらずとんでもない女ね」

「あら、私なんにもしてないわ。みんなが私のことを想って色々してくれてるだけなんだから」

夕蓮はにこにこと愛らしく笑う。それが嘘ではないことを玲琳はよく知っている。

「今日も退屈？」

玲琳は軽く手を伸ばして問いかける。夕蓮は一瞬真顔になり、すぐにとろけるような笑みを浮かべて、玲琳の手をつかんだ。

「ええ、ずっと退屈よ」

きゅっと握ってくるその手は、温かくて、柔らかくて、滑らかで……大切に守ってやらねばならないと思わせる華奢(きゃしゃ)な手だった。

「私の退屈を分かってくれるのは、きっとあなただけね。だから私、あなたのことが大好きなのよ、玲琳」

「そんなことは、今更言われなくても知っているわ。私だって、お前のことが好きなのだからね」

玲琳はふふんと口角を上げてみせる。

「けれどいくら退屈だからといって、悪さをしてはダメよ。あまりに退屈だというなら、遊び相手に私の蟲を貸してあげるわ」

玲琳はひらりと手で足元を示した。そこには無数の巨大な蛭が蠢いている。

「ええ！　そんなの嫌よ！　気持ち悪いもの！」

夕蓮はわずかに後ずさり、口元を押さえてぶんぶんと首を振った。

玲琳は少しばかりムッとした。さすがにゴキブリなどが嫌われていることは知っているが、蛭はすべすべしていて動きも面白くて、思わず触りたくなる愛らしさをたたえているではないか。それを理解できないとはどういうことか。

「この蛭の愛らしさが理解できないというの？」

「そんなの可愛くないわよ。私の猫の方がずっと可愛いったら。ほら！」

夕蓮は足元から一匹の猫を持ち上げて、格子窓に押し付けてくる。猫が迷惑そうににゃあと鳴いた。夕蓮は猫を五匹ほど飼っており、これはその中の一匹だった。

「お前は……相変わらず浅薄な毛玉を愛でているのね。まあ、その猫の美しさは認めるけれど、可愛いとは言い難いわ」

「まあ！　失礼ね！　こんなに可愛いのに……」

夕蓮はぷんすか怒り、そこでふと思いついたように首を傾げた。

「そういえば、あなたのお付き女官は？　最近見ないわねえ」

「葉歌のこと？」

葉歌とは玲琳が祖国から伴ってきた女官のことだ。

「あの子は今、武者修行の旅に出ているわ」

「武者修行？」

「負けたのが応えたようよ」

玲琳は苦笑する。葉歌はただの女官ではない。玲琳の母と同じ蠱毒の里出身で、すさまじい強さを有する暗殺者でもあるのだ。しかし先頃厳しい敗北を喫し、己のふがいなさを恥じて武者修行の旅に出てしまったのである。

「なあんだ、つまらないわねえ。あの子は面白いのに……」

「ねえねえ、退屈なら私たちが遊びに来てあげるわ」

「うん、僕たちがあそびにきてあげます」

母と祖母のやり取りを見守っていた双子が楽しそうにそう言った。

「だって私たち、おばあ様のこと大好きだもの！」

「うふふ、嬉しい。私もね、あなたたちのこと大好きよ。あなたたちはいつも面白いものを見せてくれるから、一緒にいると楽しいわ」

双子は大好きな祖母にそう言われてたちまち表情を輝かせた。そして照れたように二人で顔を見合わせている。

「お前たちは本当に夕蓮が好きね」

「だって、みんなに愛される魔性の女なんて素敵だわ」

目を輝かせる火琳に、玲琳はきょとんとして笑い出す。

「それは違うわ、火琳。夕蓮は魔性の女ではなく、魔性の聖女よ」

「そうなの？　それじゃあ魔性の聖女のおばあ様、また会いに来てもいいでしょ？」

夕蓮は優しいまなざしで孫を見つめ、ふと首をかしげた。

「だけど、私に会いに来たら鍠牙に怒られちゃうわよ？」

するとたちまち火琳の顔色が変わった。父に怒られるという不安や困惑ではない、あからさまな憤怒の色をその幼いかんばせに浮かべていた。

「お父様なんか、知らないっ！」

火琳は思い切りぷいっと顔をそむけた。

「どうしちゃったの？」

「だってお父様は嘘吐きなんだもの！」

「まあまあ！　何があったの？」

夕蓮は窓に顔を寄せて興味津々に尋ねる。

しかし火琳は頬を膨らませて黙り込んでしまった。傍らの炎玲が姉と祖母の顔を交互に見やり、代わりに口を開いた。

「あのね、僕たちが蠱毒の里にいきたいっていったら、お父様はダメだっていうんだ。

まえに、つれていってくれるってやくそくしたのに」

炎玲の口調は姉と比べて穏やかだったが、表情には小さな不満がちらついていた。

「だから火琳はおこってるんだ」

「あらあら……そうだったの。鍠牙はいけない子ねえ」

「そうよ！　お父様は私たちとの約束を破ったの！　嘘吐きなお父様の言うことなんかもう聞いてあげないいんだから！　そうよね、炎玲！」

「う、うん」

炎玲は姉の圧に押されてこくこくと頷いた。

「私たちもう、お父様のことなんか嫌いなの！」

よほど腹に据えかねたのか、火琳はそんなことを言った。玲琳が火琳のそんな言葉を聞いたのは初めてで、少なからず驚いた。同時に、少しばかり面白がってもいた。

「そうよね、炎玲！」

「え、う……ううん。僕はお父様のこときらいなんかじゃないけど……」

弟の思わぬ反撃に、火琳はがーんと衝撃を受けた顔になる。この少年は押しの強い性質ではないが、自らの意見を曲げない頑固な性質なのだった。

「何よ、炎玲ってば！　私を裏切るの!?」

火琳は目を三角にして甲高い声を上げる。

「だって……ほんとうにきらいじゃないもの」

炎玲は困ったように、しかし迷いなく言う。火琳は真っ赤になり、こぶしを握ってぷるぷると全身を震わせた。

「何よ……あなたがどう思ってたって、私はお父様のことなんか……！」

「そんなこと言っちゃいけないわ」

幼子の喧嘩（けんか）に口を挟んだのは夕蓮だった。双子は同時に顔を上げる。

「家族を悪く言っちゃいけないわ。お父様やお母様や兄弟たちは、いつだって大切な味方よ。誰より愛してくれる人たちよ。大事にしなくちゃいけないわ。だから悪く言っちゃいけないわ。だってね、もしも明日鍠牙がいなくなっちゃったら、あなたが最後に伝えた言葉は『嫌い』って言葉になっちゃうもの。だからちゃーんと、好きな人には好きって言わなくちゃいけないわ」

ふんわりとした微笑みが優しい言葉を告げる。火琳でなければ、一瞬で心を奪われ、はい分かりましたと跪（ひざまず）いていただろう。しかし今の火琳はたいそう怒っていたので、素直にうなずくことはできなかった。

黙りこくってしまった娘を見下ろし、玲琳は小さく嘆息した。

「一度拒まれたくらいで諦めるほど柔弱な娘に育てた覚えはないわ。望みがあるなら、相手が折れるまで叩（たた）きなさい」

そう言い聞かせて少女の頭をなでる。ほかほかとした幼子の熱気が手の平に伝わる。火琳はそれでも険しい顔で、じっと黙っていた。

と、そこでにわかに雪が降りだした。冷たい粒は幼子の髪に白く舞い降りると一瞬で透明になる。

「寒くなりそうだわ、そろそろ戻りましょうか」

玲琳はそう言って足元の蛭たちに合図する。蛭たちはいっせいに、うごうごと地面を這って毒草園へと戻りだす。

「面白いものを見せに来てくれてありがとう。また遊びに来てね」

夕蓮がふふっと笑いながら言う。面白いもの——というのが何を指しているのか、分かるのは本人だけであろう。彼女が何を面白いと思うのか……何が彼女を満足させるのか……正しく知る者などいないのだ。

「また来るわ。さあ、帰るわよ」

玲琳はそう言うと、双子を連れて離れを後にした。

「火琳、いこうよ」

炎玲がそう言って姉の手を引く。火琳はおとなしく弟に手を引かれて歩き出したものの、最後までむくれたままだった。

　そしてその夜のことである。

「お父様、約束通り私たちを蠱毒の里へ連れていってちょうだい。私も炎玲もずっと楽しみにしてたんだから」

　火琳は目を吊り上げてそう言った。言われた相手は、魁国の国王楊鍠牙その人であった。有能で人望のある賢君の顔をした男は、少しばかり驚いたように目を見開いた。

　父の部屋におやすみを言いにきたはずの火琳は、一歩も譲らぬ気迫で父を見上げている。傍らの炎玲は姉の手を握って少し困った顔をしている。

　鍠牙は少し思案し、双子の前にしゃがみこんだ。

「この前も言ったが、今は忙しくて無理なんだ」

「じゃあいつなら忙しくないの？」

「しばらくは無理だ」

「じゃあお母様と私たちだけで行くわ！」

「それはいけない。蠱毒の里は山奥にあるんだろう？　そんな危ないところへ三人では行かせられない。お前たちはまだ小さいんだから」

「何よ何よ！　そんなのずるいわ！　じゃあお父様が小さい頃はどうだったのよ。山へ遠乗りしたりしたことはなかったの!?」

「ないな」

即答する鍠牙に、火琳は怒りを削がれたらしく口を閉じた。

「お父様は子供の頃、毎日毎日勉強や稽古ばかりしてたよ」

「そうなの？　毎日？　嫌にならなかったの？」

火琳は目をまん丸にして、もう怒りは忘れてしまったらしかった。鍠牙は上手く話を逸らせたことに気をよくしたのか、満足そうに笑った。

「嫌にはならなかったな、楽しかったよ。お父様のお師様は面白い人だったからね、勉強するのは毎日楽しかった。稽古で体を動かすのも、嫌いじゃなかったしな」

父の子供時代の話など聞いたことがなかった火琳は、興味を引かれて目を輝かせる。

「ふうーん……私だってお勉強は好きよ。いずれお父様の跡を継ぐんだから。ねえ、そのお師様って今はどこにいらっしゃるの？　私もお父様と同じように勉強を教えてほしいわ」

火琳はぱっと思いついたように問いかけた。しかし、鍠牙は少し困った顔になって首を振った。

「お師様はもうずいぶん前に亡くなった。あの人が生きていたら……そうだな、火琳と炎玲に色々なことを教えてくれただろうな」

「そうなの……残念だわ」

口を尖(とが)らせた火琳の頭を撫(な)で、鍠牙は話を打ち切った。

「さあ、話は終わりだ。もう遅いから寝なさい」

「え!? 待って、お父様。お話は全然終わってなんかないわ。蠱毒の里へ連れていってくれるお話はどうなったの？」

誤魔化されないぞというように、火琳はきりりと眉を吊り上げる。鍠牙は渋い顔で小さく唸(うな)り、やはり首を横に振った。

「それは駄目だ。お前たちにはまだ早いよ。そもそも、炎玲はともかく火琳が蠱毒の里に行く必要はないだろう？」

最後の一言を聞いた途端、火琳は真っ青になり、みるみる赤くなった。

「火琳？　どうした？」

「お……お父様なんて……」

「火琳、ダメだよ」

姉の異変を察した炎玲が、小さな手を引っ張った。しかし火琳は止まらなかった。

「お父様なんて！　大っ嫌い!!」

そう叫び、勢いよく部屋を出ていった。炎玲は引きずられて転がるように出ていき、双子のお付き女官である秋茗(しゅうめい)も慌てて後を追いかける。

後には硬直した鎧牙が残された。

鎧牙はしゃがんだまま、彫像のように固まっていた。

そのまま長いこと彼は微動だにせず、この世が終わるのではないかというほど長い時間を経てようやくふらりと立ち上がった。よろめきながら壁際に歩み寄り、そこにかけてあった剣を取り、鞘(さや)から三分の一ほど抜いて白刃の輝きを見据え——

「おい、何が可笑(おか)しい」

恨めしげに振り返った。

部屋の反対側に置かれた長椅子に座っていた玲琳は、座面に突っ伏して肩を震わせ、声を押し殺していた。

「姫、笑いたいなら堂々と笑え」

彼がジト目でそう言うので、玲琳は堪(こら)えるのをやめて顔を上げた。

「あっはははははははは!!　お前……あははは……なんて顔しているの！」

身をよじって笑い転げる妻を睨(にら)みつけ、鎧牙は自分の頬を押さえる。

「あはははは！　嫁いでから初めて見たわ！　そんな顔！　うくくくくっ」

鎧牙は剣呑(けんのん)な目つきで剣を鞘に納め、ずかずかと玲琳に近づいてくる。

彼は乱暴に玲琳を押し倒し、体の上にばったりと倒れこんできた。

「そこまで言うなら、こんなみじめな男などさっさと息の根を止めてしまえ。少しでも憐(あわ)れむ気持ちがあるならな」

「そこまで言うなら、火琳の望みを叶(かな)えてあげればいいのよ」

玲琳は重たくのしかかる夫の背を、ぴしぴしと叩きながら言う。

「……それは……少し考えさせてくれ。万が一、二人が蠱毒の里を気に入りすぎてそこで暮らしたいなどと言い出したら、俺も里に住まなければならなくなるだろ。心の準備が必要だ。だが……くっ……大っ嫌いだと……？　もうだめだ、死ぬしかない」

鍠牙は一人勝手に懊悩(おうのう)しつつ、玲琳の肩口に顔を押し付けてくる。

玲琳は押しつぶされながら、またけらけらと笑った。

「そんなつもりはないくせに」

すると鍠牙は、憤慨したように顔を上げた。

「何だと？　俺があの子たちに嫌われて生きていられると思うのか？」

「どうせお前は、あの言葉が火琳の本心ではないことを知っているのでしょ」

「……姫、そういうのは察しても黙っておくのが礼儀だと思わないか？」

「礼儀を重んじるのなら、まずは娘との約束を守ることから始めるのね。火琳はお前を、嘘吐きだと言ったわよ」

そう告げて、玲琳は見下ろしてくる鍠牙の頬に手を触れた。

この男が嘘吐きだということなど、初めから分かり切っていることだ。ただしそれは、玲琳にとっては——だ。子供たちは父が嘘を吐くなどと思ってもいない。彼が救いようのない嘘吐きだということは、玲琳だけが知っていることなのだ。

「お前は嘘など吐かない誠実なお父様の顔をしていなくては」

「もちろん俺は嘘など吐かないし、いつでも誠実に決まっている」

「ならば約束を守ることね」

「……善処しよう」

そう言うと、鍠牙は長椅子から起き上がった。

「明日にでも子供たちと話し合ってみるか」

諦めたようなため息をつく。そうしていつものごとく眠りについた。

いつもの夜と——何ら変わりないはずだった。


しかしその夜、異変は起きた。

暗黒の世界に鍠牙は茫漠と佇んでいた。

『母上を殺してやりたい……』

暗闇に向けて憎悪の言葉を吐き出す。

ふと肩に手を置かれ、振り向くと死んだはずの師が立っていた。

『鍠牙、そんなことは考えないでくれ。彼女が悪いわけじゃない、彼女は何一つ悪くないんだ。君が彼女を誤解しているだけなんだ』

師は優しく鍠牙を諭す。嘘だ！　と、頭の中で誰かが叫んだ。

『大丈夫……君が手を汚す必要なんかない。私が何とかするから……』

『本当ですか？　お師様』

『ああ、きっとそれが私の役割なんだ』

師は静謐（せいひつ）な表情でそう告げた。嘘だ！　嘘だ！　また誰かが叫ぶ。

そして次の瞬間、鍠牙は夜の雪原に佇んでいた。

『お師様……何で……』

目の前には血に塗（まみ）れた男が横たわっている。

そして自分の手には、赤く染まった剣が――

ああ、やはり……師の言葉は嘘だった。彼は間違っていたのだ。

『俺が死ねばよかったんだ……そうすれば……』

呟（つぶや）き、剣を強く握り直して振りかぶり――


「鍠牙！」

鋭く強い呼び声に目を覚ました。

　飛び起きるといつも通り玲琳の姿があった。暗すぎて顔は見えないが、蔑みの色を浮かべているに違いない。

「いつもより魘されていたわね」

　玲琳は迷惑極まりないという口調で言った。

「……いつもと違う夢を見た」

　この真冬にありえない汗をかきながら、ぽつりと零した。

　鍠牙はこうして夜毎悪夢に魘される。しかしその悪夢の内容を口に出したことはなかった。ゆえに彼女は鍠牙がいつも何に魘されているのか知らない。

「何の夢なの？」

「……覚えていない……夜の夢だ……」

「覚えていない？」

「ああ……昔……俺に学問を教えてくれた師が死んだ夜の夢だ」

　頭が混乱したまま、鍠牙は答えていた。

　覚えていないと言いながら内容を語る——自分は矛盾したことを言っているなと冷静な頭の一部が思った。

「何で今更……あんな夢を……」

「昔の記憶？　何があったの？」

　玲琳は淡々と促した。

「言っただろ、覚えてないんだ。あの人が死んだ時、俺は傍にいたはずなのに……そこで何があったのか、何であの人が死んだのか、覚えていない。全部終わって……血まみれのあの人が横たわってる……俺が覚えてるのはそこからなんだ」

　困惑した鍠牙の口は、不安を吐き出すように言葉を紡いだ。自分の話が唐突で、要領を得ないことは分かっていた。半ば独り言のようでもあった。

「忘れた過去など忘れたままでいなさい。眠れないのなら私の毒で意識を彼方に飛ばしてあげるわ」

「それは御免蒙る。……目が冴えたからちょっと出てくるよ」

　そう言って、鍠牙は寝台を下りた。

「構わないけれど……早く戻っておいで、凍え死んでしまう前にね」

　その言葉を背に受けて、部屋から外へと出ていった。

　冷たい廊下を歩く。汗がたちまち冷えて、芯から凍えてしまいそうに震える。

　落ち着こうとして廊下を歩いていくと、不意に金属のぶつかり合うような音が聞こえた。剣で打ち合っているような……いや、それよりも高く鋭い不穏な音だ。

　こんな夜中にいったい誰が……？

鍠牙が音源を捜して振り返ったその時、突然何かが腹に激突してきた。

その衝撃によろめく。一瞬、腹を刺されたのだと思った。

しかしぐっと息を止めて闇に目を凝らしてみるが、そこには誰も、何も、いなかった。腹を押さえてみても痛みはないし、傷もない。

目の前にはただ無人の廊下が遠くまで続いているだけだ。

今のは錯覚だったのだろうか……鍠牙が放心していると、突然背後から何者かに飛びつかれた。

「なあ！　何やってんの？」

鍠牙の背中にしがみつき、無邪気な声で聞いてきたのは、鍠牙の護衛役をしている少年、由蟻（ゆぎ）だった。

「お前か……今、俺の腹を刺したりしたか？」

「はあ？　何言ってんの？」

由蟻は鍠牙にくっついたままきょとんとする。

「じゃあ、何かおかしな気配を感じたりしていないか？　例えば侵入者や、暗殺者のような……」

「え？　んー……何も感じないけど……」

それでようやく鍠牙は肩の力を抜いた。この少年は優れた戦闘能力の持ち主だ。彼が何も感じないなら、きっと今のは錯覚だったのだろう。おかしな夢を見た影響なのだろう。

「そうか、きっと気のせいだな。もう部屋に戻ろう。お前も休め」

「うん、じゃあお休み」

由蟻はにまっと笑って鍠牙の背から下りた。ぴょんと一跳ねすると、たちまち姿が見えなくなる。

鍠牙は一つ嘆息し、部屋へ戻ることにした。

おかしなことなど何も起きてはいない。あの夢だって、偶然見ただけのものだ。火琳に昔の話をしてしまったから、きっと引きずられたのだ。もう二度と、あの話はしないでおこう。

そうだ……明日になったら火琳ともう一度話し合わなければ……もう一度嫌いだなどと言われてしまったら、心臓がつぶれて死んでしまうかもしれない。どうやってでも、ご機嫌を取っておかなくては……

そんなことを考えながら、部屋へ帰る。

しかし——その明日が来ることはなかった。

第一章　懐古

翌朝、玲琳はいつも通り鍠牙の部屋の寝台で目を覚ました。

寝台の中で起き上がり、小さく伸びをして漠然と隣を見る。

そこにいつもと変わらぬ夫の姿を認め、玲琳は彼を起こそうと手を伸ばしかけ、途中でぴたりと止めた。

いつもと変わらぬ……？　いや、何か変だ。何か違う。

玲琳は眠る男を凝視した。

これは……誰？

玲琳は極端に人の顔を覚えるのが苦手で、人を気配や体格や匂いや声で記憶することが多い。しかし何年も共に過ごした夫の顔を覚えていないわけはなく、隣に眠っているのがいつもの鍠牙であれば分からないはずはなかった。

目を細めてさらに凝視する。

鍠牙の面影はあった。けれどどう見ても彼ではなかった。

隣に眠っているのはどう見ても――十代の若者だったのだ。

鍠牙によく似た少年――

おそらく十代後半。本来なら少年と呼べる年頃ではないかもしれないが、その顔立ちが鍠牙に酷似している分だけ妙に幼く見えてしまい、少年という表現が似つかわしく思える。

何だこれは……誰だこれは……

玲琳はあまりに困惑して何が起きているのか理解できず、顔を近づけ間近で彼を凝視した。この鍠牙によく似た少年は、いったいどこの何者だ？

そこで突然、彼は目を開いた。間近で見ている玲琳を目の当たりにすると、ぎょっとしたように勢いよく起き上がった。寝台の端へ後ずさり、寝間着の玲琳を上から下まで見やり、あからさまな怒りと蔑みの色をその瞳に宿した。

「お前は誰だ！」

「そういうお前は何者？」

玲琳は間髪を容れず聞き返した。玲琳が聞きたいことはまずそれしかなかった。即座に聞き返されたことに彼は驚き、不快そうに眉をひそめた。

「名乗りなさい」

玲琳は更に言う。その圧に怯んだか、彼は渋々口を開いた。

「……楊鍠牙」

その答えに玲琳は頭を抱えてしまった。

いったいぜんたいこれはどういうことだろう？

この少年が鍠牙だというのか？

朝起きたら、三十路をとうに超えた夫がいきなり十代の少年になっていた？

玲琳の混乱をよそに、鍠牙は不愉快そうなため息を吐いた。

「どこの誰だか知らないが、勝手に人の寝台へ忍び込むな！　下品な女だ。今すぐ出ていい……」

そこで彼は急に怪訝な顔をし、部屋をぐるぐると見まわす。

「ここは……父上の部屋……？　なんで俺はこんなところに……」

呆然としている鍠牙を観察しながらしばし考え、玲琳は彼の寝間着の襟首をつかんで寝台に引き倒した。

「何を……っ」

「お前の中を調べるわ。おとなしく舌を出しなさい」

訳が分からない――が、間違いなく異常事態だ。人が突然若返る？　そんなことはあり得ない――こともない。

それを確かめようと、玲琳は彼の上にのしかかって顎を押さえて口をこじ開けようとして——

「うわあ！」

突然の行為に仰天した鍠牙は、悲鳴を上げて玲琳を突き飛ばした。

「きゃあ！」

その勢いに玲琳も悲鳴を上げ、寝台から転げ落ちた。背中を強（したた）かに打って呻（うめ）きながら起き上がると、鍠牙は嫌悪に満ちた目で玲琳を見下ろしている。

「俺に触るな!!」

暴漢にでも襲われたかのような拒絶ぶりだ。

玲琳は驚いて彼を見上げた。つい昨日までの鍠牙とはまるで別人だった。全身に棘（とげ）を生やして相手を威嚇するような、むき出しの攻撃性。

その叫び声は部屋の外まで聞こえたらしく、突然けたたましい音を立てて部屋の戸が開かれた。

「どうなさいましたか!?　陛下！　お妃（きさき）様の虫にでも襲われて……」

駆け込んできた鍠牙のお付き女官たちは、部屋の最奥にしつらえられた寝台を見てたちまち目を点にする。彼女たちの目の前にいるのは、床に倒れた王妃と、仕えるべき王に酷似した——少年。

女官たちはしばし放心し、助けを求めるように玲琳を見た。この少年はもしや——

という疑問がその瞳にありありと宿っている。玲琳は女官たちに向かって真剣な顔を作り、一つ大きく頷いた。その通りだ——と、肯定する意思を込めて。

彼女らはみるみる顔色を変え、お互い顔を見合わせた。

「り、利汪（りおう）様を呼んでまいりますわ！」

慌てて部屋を飛び出してゆく。

「あれは、どこの者たちだ？　見覚えがないぞ」

鍠牙が警戒心のこもる声でつぶやいた。

玲琳が床から立ち上がると、鍠牙は弾（はじ）かれたように顔を上げて玲琳を睨んだ。

「……お前が俺をここへ連れ込んだのか？　お前、俺に何をした？　まさか……薬でも盛ったのか？」

今にも嚙（か）みつきそうな目つきで玲琳を見ている。

その態度は、いつも自分の内側を隠そうとする彼らしくない。

玲琳は寝台の端に両手をついて身を乗り出した。

殴られるかもしれないと思ったが、別にそれでもかまわないとも思った。

鍠牙はわずかに身を引き、眉間に深いしわを刻む。

警戒心はむき出しにしているが、後ずさるのは屈辱的で許せないというところだろうか……そういう風に意図をたやすく読ませてしまうところも、昨日まで見ていた彼とは違っていた。今の彼は……そう、あまりにも未成熟だった。

「お前は自分が何者かを知っている」

玲琳は強い口調で断定した。その高慢な口調が不快だったのか、眉間のしわがかすかに深さを増した。

「……当たり前だ、自分が何者だか分からないわけがあるか。そういうお前は……」

尋ねかけた鎧牙の言葉を遮り、玲琳は言葉を繋ぐ。

「ならば、今日がいつだか分かっている？」

「は？　当たり前だ。今日は……」

棘のある口調で答えようとし、しかし鎧牙はそのままぴたりと止まってしまった。瞳だけが不安そうに泳ぎ、額に季節外れの汗が浮かんだ。

「質問を変えるわ。お前は自分が何歳だか分かっている？」

玲琳は助け舟を出すように——あるいは追い詰めるように問いを重ねる。

「……そんなことを聞いてどうする」

「聞いてから決めるわ。お前はいくつ？」

「……十七だ」

「十七……」

玲琳は淡い声でため息のように繰り返した。

何ということだろうか……昨日まで三十三歳だったこの男は、一晩のうちに十六も若返ってしまったらしい。

「ああ……そういうこと。お前はこの未来を見ていたのね。だから目を離すなと言ったのね、紅玉(こうぎょく)」

玲琳は皮肉っぽい笑みを乗せた唇で、ここにはいない女官の名を呼んだ。

国王の側近である姜(きょう)利汪が、たちまち部屋に駆けつけてきた。

何か問題が起こった時には彼を呼ぶというのがこの後宮の不文律である。

この後宮の支配者は王妃の玲琳だが、その王妃こそが問題を発生させる最大の源であると、長年仕えている者たちはよく知っていた。

玲琳は駆けつけた利汪に、鍠牙が十七歳の少年になってしまったと簡潔に説明した。

利汪はその説明を聞き、鍠牙を見て愕然(がくぜん)とし、しかし取り乱したりはしなかった。

国王が少年に若返っているなどといきなり言われてこの態度をとれるのは、さすがである。

「利汪……か？」

部屋の中を苛立(いらだ)ったように歩き回っていた鍠牙は、長年仕えている側近を見て怪訝そうに眉をひそめた。

「お前……いつの間にそんなに老けたんだ？」

はらはらと見守っていた女官たちが一瞬ぷっと吹き出した。

「陛下、落ち着いてください。大丈夫です、どうか落ち着いてください」

利汪がそう言い聞かせるが、その口調に焦りや困惑がにじんだ。

「陛下？　父上はここにいないぞ」

「先王陛下はずっと前に崩御なさいました！」

途端、鍠牙の表情は凍り付いた。

「……何だと？」

「本当のことです。今はあなたが王なのです」

「何の……冗談だ」

「冗談ではありません、陛下……無礼を承知でお聞きしますが、どこまで覚えておられるのですか？　その……明明のことは……？」

利汪が声を低めて聞くと、鍠牙の表情が酷く強張った。

「……お前が聞くのか……？　それを、お前が、俺に聞くのか？　明明を死なせてしまった俺に対する罰のつもりか？」

どす黒い、ぞっとするような声で聞き返され、利汪は蒼白になる。

「……失礼いたしました。確かに十七歳までの記憶はおありのようですね」

そこで利汪は一つ深呼吸し、鍠牙の腕を引いて長椅子に無理やり座らせ、その前にしゃがみこんだ。年の離れた子供に接するかのような態度だったが、実際今の鍠牙は少年と言える年齢で、利汪は彼より遥(はる)かに年上の大人だった。

「鍠牙様、よくお聞きください。あなたの年齢は十七歳ではありません。本当のあなたはもう三十三歳です。昨日の夜まではそうだったのです」

相手を不安がらせないよう心を尽くした穏やかな物言いで伝える。鍠牙は荒ぶったり狼狽(ろうばい)したりする様子もなく黙って聞いている。利汪はなおも丁寧に説明する。

「十六年前とは、後宮の様相もずいぶんと様変わりしています。当時から仕えている女官はもう多くはありません。新参者ばかりになっています」

「いったいどうしてこんなことになってしまったんでしょう……」

鍠牙のお付き女官たちが心配そうにつぶやく。

「本当に何てこと……だけど、十七歳の陛下はちょっと可愛くていらっしゃるわね」

「嫌だ、不謹慎よ。確かにお若い陛下もステキだけれど……」

「あら、どちらかというと可愛いというより凛々(りり)しい顔立ちじゃなくて？」

「今の鷹揚(おうよう)で頼もしい陛下より、繊細で危うい感じがするのが女心をくすぐるわね」

ひそひそ話す女官たちを睨み、利汪はごほんと大きく咳払(せきばら)いして黙らせる。

魁の後宮の女官というのは、肝が太くなければ務まらないのだ。

「『懐古の術』――というものがあるわ」

しばし黙って様子を見守っていた玲琳は、そこでふと口を挟んだ。

「標的に蠱を仕込み、その宿主から時を奪う術よ。歩んできた過去の時を奪って人を若返らせ、同時にこれから歩む未来の時を奪って人の寿命を削る術。若返れば若返るほど、宿主が死に近づく術よ。蠱は宿主から時を奪えば奪うほど、力をつけて強くなってゆく……扱いの難しい危うい術だわ」

淡々と、ただその恐ろしさが辺りに染み渡るよう語る。と、そこで玲琳はぎょっとした。

利汪と女官たちが、すさまじい非難の形相でこちらを凝視しているのである。

「お妃様……何という恐ろしいことをなさったのですか！　陛下を蠱術の実験台にするのはおやめくださいとあれほど申し上げたではありませんか！」

利汪は部屋が震えるほどの大音声で怒鳴った。

女官たちもそうだそうだと頷いている。

玲琳はあまりのことに絶句し、はくはくと口を開閉させ、ややあって深々とため息を吐いた。

「お前たちは……私を何だと思っているの。そんなことをするはずがないでしょう」

しかし女官たちは引き下がることなく、くわっと牙を剝いた。

「だってお妃様、先日も陛下におかしなキノコを食べさせて、陛下の肌を紫色に変えてしまったじゃありませんか！」

「そうですよ！　この前だって陛下が倒れてしまうまで血を抜き取って、なんだかあれこれやってたじゃないですか！」

ぐうの音も出ないというのはこういうことかと、玲琳は遠い目をしてしまう。

そんなやり取りをする一同を鋭い目つきで睨みつけていた鍠牙が、不意に聞いた。

「お前はいったい何なんだ？　お妃様というのは？　まさか……父上の新しい側室じゃないだろうな？」

唸るような低い問いかけに、その場の一同が仰天した。

「……鍠牙様！　この方は側室などではありません！　この方は現在の王妃殿下……つまりは、あなた様のお妃でいらっしゃいます！」

利汪が硬い声できっぱりと言ったその途端、室内の空気が凍り付いた。

全員が固唾をのんで見守る中、鍠牙は彫像のように固まっている。

しばしの静寂の果てに、彼は頬を引きつらせて声を発した。

「……何の冗談だ？　俺はもう結婚などしないと、お前には言ったはずだ。お前はそれを誰よりよく分かっているはずだ。なのにそんな冗談を言うのか？」

静かな物言いなのに、空気がびりびりと震える。その異常な圧に女官たちは震えあがる。

一人冷静に鍠牙の言葉を聞いていた玲琳は、すぐさまその意味を察した。

鍠牙には昔、明明という名の許嫁（いいなずけ）がいたという。そしてその許嫁は、彼の母親、夕蓮のせいで殺害されてしまったのだ。そして会話から察するに、十七歳という年齢は、彼が許嫁を失った年齢なのだろう。そんな状況で、彼が易々（やすやす）と新たな相手との結婚を受け入れるはずもない。

利汪は痛々しいものを見るようにしゃがんだまま鍠牙を見上げ、ゆるく首を振った。

「冗談ではありません。あなたは二十五歳の時に斎の皇女を娶（めと）っておられます。断れない縁談でした。しかしあなたはお妃様を愛しておられました。御子（おこ）も二人いらっしゃいます」

御子という言葉を聞いた瞬間、鍠牙の顔から完全に表情が消えた。

まずい――と、玲琳は瞬間的に思った。とっさに利汪を押しのけ、鍠牙の顎を手荒くつかみ、上向かせる。

「私が妻で何が不満だというの。お前のようなろくでもない男に添える女は私一人に決まっているでしょう？　今すぐお前の体に教えてあげようか？」

たぶん今の鍠牙に子供たちを受け入れる余裕などない。たぶん……？　いや、絶対にない。だから玲琳は無理やり彼の意識を自分に引っ張ってみせた。

「喜びなさい。お前の妻はこの世に二人といない極上の女よ。ねえ、みんなそう思うでしょう？」

玲琳が艶美な笑みを浮かべて問いかけると、胸元や袖口がゆらりと揺れた。そこからぞろりと這い出てきたのは無数の蟲たち。鍠牙は息をのんでのけぞり、長椅子の背もたれにぶつかった。

「化け物……！」

愕然とする鍠牙の口の端からその言葉が零れるのを聞き、玲琳はにたりと笑った。

「いいえ違うわ。お前の妻は――魔物なの。毒と蟲を操る生粋の蠱師、それが私よ」

玲琳が彼を解放して胸に手を当てると、鍠牙の目が極限まで見開かれた。

「蠱師……だと？」

その瞬間、彼の目の色が変わった。今までの驚きや恐怖が一瞬で消え失(う)せ、どす黒い憎悪で瞳が塗りつぶされた。蠱師――という存在への強烈な憎悪。

それを真っ向からぶつけられ、玲琳は全身が粟立(あわだ)った。

「そんな目で見るのはやめなさいよ……お前を押し倒したくなったらどうするの」

玲琳はくっと皮肉っぽく笑った。

「自分が魅力的な男であることを少しは理解なさい。お前はこの世の誰より魅力的な……汚物なのだから」

その瞬間、鍠牙は長椅子の傍に置かれていた小さな卓を横から思い切り殴りつけた。すさまじい音がして卓の脚がへし折れ、上に載っていた茶器が床に落ちて砕ける。

「ふざけるな!!」

鍠牙は破裂するように怒鳴った。

鍠牙がこんな風に怒鳴るところを見たことがない女官たちは、あまりに驚いて固まってしまう。

「蠱師だと？　そんな化け物が何でここにいる！　今すぐ出ていけ！　出ていかないなら俺が切り刻んでやるよ!!」

叫びながら立ち上がり、壁に立てかけてあった剣を取ると鞘ごと棚に叩きつける。棚が壊れて花瓶が落ちる。

女官たちは悲鳴を上げて床にしゃがみこんだ。

「鍠牙様！　どうか落ち着いてください！」

利汪がキレた鍠牙を必死に止めようとする。

鍠牙は苛立ちを隠そうともせず怒鳴り続ける。

「冗談じゃない！　俺が結婚なんかするわけないだろ！　何で明明が死んだのに、こんな化け物を嫁にしないといけないんだ！　蠱師なんか全員くたばれ！　一人残らず死んでしまえ！」

「鍠牙様！　おやめください、それはあまりにも……」

しかしその言葉が最後まで発せられる前に、部屋の戸を開いて飛び込んできた者がいた。ちょこまかとした二人の幼子――玲琳と鍠牙の子である火琳と炎玲が、父と母を起こそうと部屋へやってきたのである。

玲琳は子供たちを見た途端、眩暈がした。必死になってこの男の意識を子供たちから逸らしていたというのに、本人たちが現れては台無しではないか。

同じく利汪と女官たちも、真っ青になってあたふたし始めた。

今ここにいるのは十七歳の若者である。夫である自覚も父である覚悟もなく、蠱師を憎み妻に対して暴言を吐いた若造である。愛くるしい幼子たちが、この若造に傷つけられるようなことなどあってはならぬと、怯えてしゃがみこんでいた女官たちは果敢にも双子の前に立ちはだかった。

「お、お二人とも！　お外で少しお待ちくださいませ！」

女官たちは引きつった笑顔で子供たちを追い出そうと手を伸ばしたが、その手をするりとかいくぐって双子は父のもとに駆けていった。

双子は父を見て一瞬不思議そうにまばたきし、同時に首を傾げた。

「お父様？」

「お父様……ですよね？　どうしてこわいかおしてるんですか？」

二人は手をつなぎ、つぶらな瞳で父を見上げた。

お父様——そう呼ばれた鎧牙は、剣を握ったまま呆然と子供たちを見下ろし、ぶるぶると全身を震わせ始めた。

土気色になった顔には見たこともないような表情が浮かんでいる。

「お父様、怒ってらっしゃるの？」

火琳が必殺の涙目で上目遣いに近づこうとしたその時——

「寄るな!!　お前らなんか……」

鎧牙が怒鳴りだした瞬間、真っ蒼（まっさお）になっている一同の前で、玲琳は鎧牙に体当たりした。油断していた鎧牙はよろめき、自分が壊した花瓶の破片を踏んで床に倒れる。

玲琳はすぐさま彼にのしかかり、問答無用でその口を塞いだ。言うまでもなく、己の口で——

激昂（げきこう）しかけていた鎧牙はたちまち彫像のように硬直し、怒声など喉の奥へ閉じ込められてしまった。

呆気（あっけ）にとられてその様子を見ていた女官たちは、はっとして双子を抱き上げた。

「陛下とお妃様はお取込み中ですわ！　ささ、どうかお外へ！」

言いながら双子を連れて脱兎（だっと）のごとく部屋から出ていく。

「あの……私も退室してよろしいでしょうか？」

残されて困り果てた利汪がそう言うので、玲琳は目線だけでそれに応える。利汪はしかつめらしく顎を引き、足音を立てずに部屋から出ていった。

静まり返った部屋の中で、玲琳は自分が何をされているのかもわからず固まってしまった若者を押さえつける。この皮膚の内側にあるのは自分の知らない……今ではもう失われてしまった毒に違いない。自分と出会う前の彼の毒……それを貪りつくしてしまいたいような気がしたが、その誘惑を断ち切って玲琳はそっと彼を解放した。

体を起こすと、鍠牙は自分を守るように口元を押さえて震えていた。

「だいじょうぶよ、取って喰ったりしないわ。お前を凌辱しようなどと考えているわけではないの。私は見ての通り非力な女で、お前の力なら容易く退けられるわ。だから怯えるのはおやめ」

玲琳がなだめるように言って手を伸ばすと、鍠牙はその手から逃げるように立ち上がった。

「……出ていけ」

鍠牙はきつくこぶしを握って魂を振り絞るように言った。

玲琳は床に座ったまま軽く首を傾けた。

「それでお前はどうするの？　自分に異変が起きている自覚はあるのでしょう？　昨

日何をしていたかすら分からないのでしょう？　それでお前はどうするの？　私を追い出してどうなるの？　今のお前に何ができるの？　いいえ、何もできないわ」

　低く歌うように言いながら立ち上がる。鍠牙は酷く警戒した様子で後ずさり、玲琳から距離を取った。その距離を埋めるように玲琳は足を進める。鍠牙はまた下がる。しかしすぐ壁に阻まれ、彼は逃げ場を失った。

「さっきも言ったわね。お前は蠱術をかけられて、時を奪われてしまったの。誰が何の目的でこんなふざけた真似（まね）をしたのかは知らないけれど、間違いなくお前は蠱術で呪われたのよ」

　玲琳の庭でこんな勝手をした者がいるなどと、想像するだけではらわたが煮えくり返る。何より、それを防げなかった自分に腹が立つのだ。

　怒りを腹の底へ押し込めて、玲琳は淡々と言葉を紡ぐ。

「私は蠱師だわ。いかなる蠱術も解蠱してみせる。だから私にお前の体を預けなさい。何がお前を蝕（むしば）んでいるのか調べさせて。私がお前を元に戻してあげるわ。お前の体のことならば、私は全部知っている」

　そう言って手を差し伸べた。しかし——鍠牙はその手を取ろうとはしなかった。それどころか、嫌悪の感情をありったけ込めた瞳で玲琳を見返してきた。

「出ていけ」

さっきよりも強い口調で言う。

「いいから出ていけ！　今すぐ出ていけよ！　出ていかないなら俺がこの手でお前を切り刻んでやる！　毒を扱うような気色の悪い女に体をいじられるのはもうたくさんなんだよ！」

喉が裂けるのではないかというくらいの叫び声。

荒く息をする鍠牙を見上げ、玲琳は顔をしかめた。あまりの拒絶ぶりに戸惑う。

この男の中には玲琳の蟲がいる。痛めつけて押さえつけて体の中を探るのはたやすいことだ。だが――今の鍠牙にそれをやって、果たして無事で済むだろうか？　この男がいきなり舌を嚙んで死んだりすることはない――と、玲琳は断言できない。

そのくらい少年の鍠牙は繊細で危うかった。

嘘ばかりついて、自分の内側を隠して、壊れた自分を取り繕ってしまえる大人の鍠牙とは全く違っていた。

触れたら壊れる硝子（ガラス）細工のような……いや、とっくに砕けて誰も触れることができなくなった硝子片のような少年だ。

あまりに危うい……だから……

「お前は夕蓮に、さんざん弄ばれてきたのだものね」

玲琳はその硝子片を思い切り握りしめた。

「だから私に触れられるのが怖いの？」

「……何でお前がそんなこと知ってるんだ」

鍠牙は地を這うような声で呟いた。

もしかしたら自分は今、この男に殺されるかもしれない……そんな想像がふと頭をよぎる。

しかし玲琳はその危機感をひとかけらも表に出すことなく、嫣然と笑ってみせた。

「言ったでしょう？　お前の体も、心も、私は全部知っているのよ」

結局鍠牙が玲琳を受け入れることはなかった。

仕方がなく玲琳は鍠牙を一人残して部屋を出た。外に控えていた女官に近くの部屋へ案内されると、そこには心配した女官たちと利汪と、そして双子の護衛役である雷真と風刃、お付き女官の秋茗までもがそろっていた。

彼らに視線を一巡させ、玲琳は見落としていた人物に驚く。利汪の後ろに、彼の妹である里里が影のごとく控えていた。

現在、魁国の後宮には王妃が一人と側室が一人いる。里里は、その側室として王に仕える女なのだ。玲琳にとっては、宿敵ともいえる立場の相手である。

「全員事情を聞いたの？」

玲琳が問いかけると、一同は無言で首肯した。

「私が呼びました。御子様方を陛下に近づけさせないよう、護衛とお付き女官には知らせておいた方がいいでしょう。それに里里は口が堅く忠実な娘ですので、事情を知っていればお妃様のお役に立つこともあるかと」

「そうね……異論ないわ。では、本題に入りましょうか……利汪、あれは何？」

玲琳は思わずそう聞いていた。聞かずにはいられなかった。

「私の知る鍠牙ではないわ。十七歳のあの男は、あんな風だったの？」

敵意をむき出しに相手を殺すと脅し、怒鳴り、物を壊す。今の鍠牙とはまるで違う。現場を目撃した女官たちも玲琳と同じ疑問を抱いているらしく、不安な様子で利汪に注目する。

現場を見ていない者たちはいまいち彼らの心配を飲み込めていないようだが、異常事態は魁王宮にとって日常茶飯事である。王が若返って暴れているなどと聞かされても受け止める度量があるのだった。

利汪は一同のまなざしを受け、神妙な面持ちで目を閉じた。しばし思案し、ゆっくりと瞼（まぶた）を開く。

「鍠牙様がお生まれになったのは三十三年前のことです」

「え、そこから？」

何の話だと、玲琳は目をぱちくりとさせた。

「鍠牙様は幼少の頃から賢く、優れたお方でした。弟君と共に師のもとで勉学に励み、少々やんちゃなところはありましたが、問題なくお育ちでした」

本当に何の話だと玲琳は首を捻る。

「鍠牙様が十三歳の頃、可愛がっていた弟君が亡くなり、長くふさぎ込んでおられました。その尻を叩いた……げふん、それをお慰めしたのが我が妹の明明でした。鍠牙様は無事に立ち直られ、また勉学や武芸に励み、立派な世継ぎとして成長なさり……しかしその明明も鍠牙様が十七歳の頃に命を落とします。その後、鍠牙様はなんだかんだあって即位し、王として見事な治世を行ってこられました」

いや、だから本当に何の話だ？

玲琳だけでなく、全員がぽかんとしている。いや、鍠牙に心酔している護衛の雷真だけはうんうんと深く感じ入っている様子だったが……

「鍠牙様には様々な苦難が降りかかりましたが、苦難の中でも真っすぐお育ちになり、今日まで王の名に恥じない立派な生き方をしてこられました。しかし……実はそんな鍠牙様にも、ほんのわずかに暗黒の歴史があるのです」

「暗黒の……歴史……？」

利汪は思いつめた顔で重々しく頷いた。

「はい、鍠牙様には人生で唯一、荒れていた時期がありました。それは、許嫁だった明明を亡くした直後のことです」

それは初めて聞く話で、玲琳は驚いた。

「王になどなるものかと怒鳴り散らし、暴れ、勉学も稽古もさぼり、物を壊し、毎晩のように裏街の妓楼(ぎろう)へ通いつめ……正そうとした私は幾度となく殴られました」

それはいったい誰の話だと、玲琳をはじめその場の全員が呆気にとられる。いや、雷真は衝撃のあまり真っ青になって震えている。

利汪はそこで一つ大きくため息を吐いた。

「はっきり申し上げます。十七歳の頃、鍠牙様はグレておられました」

「グレて……」

許嫁を失い絶望して暴れていた男を、グレているの一言で片づけた利汪の胆力に玲琳はいささかの敬意を抱いた。

「つまり、今あそこにいらっしゃるのはグレて暴れていた頃の鍠牙様なのです。正直、手が付けられません」

「……その鍠牙の……反抗期はどうやって終わったの？」

玲琳は解決を求めて問いかけた。

「反抗期などという可愛らしいものではないと思いますが」

利汪は眉をひそめたが、グレているなどと評した男に言われたくはない。

「鍠牙様が落ち着いたのは、鍠牙様の師父が亡くなった後だったと思います」

そう説明され、玲琳の眉はぴくりとはねた。

鍠牙の師――？　それは、昨夜鍠牙が話していた……彼の悪夢に現れた人物のことではないか。それが今ここで出てきたことに、不思議な因縁を感じる。

「尊敬していた師父を亡くし意気消沈した鍠牙様は、次第に元の利発で鷹揚な方にお戻りになり、今のように……」

そこで突然、すさまじい物音が聞こえた。全員ぎょっとして音のした方を向く。何かが壊れるような破砕音が、さっきまでいた鍠牙の部屋から聞こえてくるのだった。

「あーあ、ほんとに荒れてるみたいだな。俺がちょっと様子見てきますよ」

「ならば私も。陛下にお怪我(けが)があってはなりませんので」

風刃と雷真は続けざまに名乗りを上げて、部屋を出ていこうとする。

「私が同行しなくて大丈夫？」

玲琳が念のために確認すると、風刃はどんと胸を叩いて笑った。

「任せてくださいよ、玲琳様。これでも俺はヤンチャな小僧のしつけには慣れてるんでね」

得意げに言って部屋を出ていく。

「陛下を小僧呼ばわりするな！　無礼者！」

文句を言いながら雷真が続いた。

残された一同は耳を澄まして様子をうかがう。

破砕音がしばらく続き、しんと静まり返ると、少しして護衛たちが帰ってきた。

彼らは王子と王女の護衛を長年務めている凄腕（すごうで）の軍人とは思えない蒼白な顔で、放心したように部屋へ入ってくる。

「お帰り、大丈夫？」

玲琳は出ていく前と同じことを聞いた。

「あ、はい…………いや、あれ……誰ですか？　いや、分かりますよ!?　陛下ですよね？　それは分かりますけど…………怪物が突っ立ってんのかと思った」

風刃は酷く動揺しているようで、力なく零す。

「貴様、陛下を怪物呼ばわりするな、無礼者。怪物はお妃様だけで充分だ」

無礼極まりない雷真の声にもやはり覇気がない。

彼らが黙り込んでしまうと、部屋は静寂に包まれた。

重苦しい沈黙の中、一同の視線は玲琳に向けられる。

「お妃様、鍠牙様は蠱術で若返ってしまったのですか？」

利汪が救いを求めるように聞いてきた。

「ええ、さっき説明した通りよ」

「ならば、お妃様なら元に戻せるのですね？」

半ば脅しのように問いかけられ、玲琳はふっと笑った。

「ええ、私に解蠱できない蠱術はないわ」

胸を張って堂々と虚勢を張る。自分が万能ではないことを痛いほど知っていて、それでもできると言い切ることが、蠱師である玲琳の矜持だった。

「ならば早急に、鍠牙様を元に戻していただきたい。それまで鍠牙様には、部屋に閉じこもっていていただきましょう。具合が悪いのでしばし静養なさるということにすれば、騒動は避けられるかと。全員、このことは口外せぬように」

利汪は同意を求めてその場の者たちを順繰りに見やる。

玲琳は頷きながら応じた。

「結構。あの様子だと、鍠牙は外に出さないほうがいいでしょうからね。私を殺そうとまでしたくらいだもの」

「……今の鍠牙様は、誰が相手でも心を開いてくださらないでしょう」

利汪の表情はますます深刻なものになった。

「仕方がないわ。私はこれから、鍠牙がどうやって蠱術をかけられたのか調べることにする。あれは面倒な術だから、そうそう容易くかけられるものではないのだけれど……犯人はずいぶんと、厄介な相手かもしれないわ」

「まあ！　大丈夫ですわよ！　お妃様ほど悍ましくて恐ろしくて厄介な蠱師など、他にいるはずがありませんわ。どんな敵が相手でも、お妃様の魔手にかかればちょちょいのちょいでひき肉ですわよ！」

女官たちは信頼を込めたまなざしでこぶしを握る。

「同感だね、玲琳様なら相手がどんな化け物だろうと八つ裂きにできらあ！」

風刃がなぜか自信満々に言ってのける。

玲琳が何とも形容しがたいまなざしで彼らを見つめ返したその時、部屋の扉がそっと開かれた。全員がそちらに目を向けると、一人の女が部屋に入ってきた。

魁の後宮に仕える女官の一人——占い師にして玲琳の犬の世話係、紅玉であった。

「紅玉、どうしたの？」

「だから、言ったじゃありませんか。目を離すなって」

開口一番、彼女はため息まじりに言った。今この後宮で何が起きているのか、全て分かっているというように。

「ええ、そうね。お前の言う通りだったわね」

玲琳は苦笑いで答えた。

少し前、この占い師は玲琳に一つの予言をもたらしている。曰く、鍠牙から目を離すな――と。

この女はあらゆる過去とあらゆる未来を覗き見る希代の占い師。彼女の占いが外れたことは一度もなかった。

「それで、私に何か用かしら？」

玲琳が何の心当たりもないという風に問いかけると、紅玉はそれが気に食わなかったのか、かすかに眉を寄せた。

「あなたは……相変わらず傲慢ですね。いいかげん私の占いを欲してみてはどうですか？　誰が何のためにこんなことをしたのか……どうすれば楊鍠牙陛下を救えるのか……私なら見通すことができますよ」

挑発めいた物言いで、紅玉は玲琳に手を差し伸べてきた。

「素直に私が欲しいとおっしゃれば？」

周りの者たちが期待を込めた目で玲琳と紅玉を交互に見る。確かに、この手を取ればたちどころに鍠牙を救うすべを知ることができるのだろう。そう思い、玲琳は差し出された紅玉の手をじっと見つめ――

「紅玉……いいかげん私を試すのはおやめ」

「は？　別に試してなどいませんが」

紅玉はカチンときたのか雑な口調で言い返した。

「いいえ、お前は私を試している。私がお前の力にすがった瞬間、お前は私を見限るのでしょうね。誘いに乗った私を見て、やはりこの人も自分を利用するのかと失望するのよ。そのくせお前は、困っている人間がいると我慢できずにその力を使ってしまうのだわ。自分の能力を、何より嫌っているくせに。……愚かね……そして無様だわ。そんな女の力など、私は借りない」

女官たちは、救いの手を振り払った玲琳を咎めるように、えええええ⁉　と非難の表情を浮かべ、風刃はにやりと笑い、雷真は仏頂面になり、利汪はため息を吐く。そして紅玉は図星を指されたか不愉快そうに眉根を寄せた。

紅玉はその名のようにしばし顔を赤くして黙り込んでいたが、突然素早く手を伸ばし、玲琳の手首を乱暴に摑(つか)んだ。

「私はあんたのそういうところが、本当に大嫌いだよ」

舌打ちしながら目を閉じ、わずかのあいだ険しい顔で黙り込んだ後、放り投げるように手を離した。

「……離れにお住まいの方から話を聞くとよろしいかと」

「お前は……馬鹿な女ね」

玲琳は苦笑いを返す。

「ええ、愚かで無様な女ですから」

そう言ってそっぽを向き、紅玉はさっさと背を向け部屋から出ていった。

「……仕方がないわね。愚かで無様で……可愛い女官の言うことだもの、聞かないわけにはいかないわ。しばらく出てくるから待っていなさい」

玲琳は紅玉の予言を聞き入れ外へ出ようとした。そこで、

「お妃様、私もお供します」

歩き出しかけた玲琳を里里が呼び止めた。里里は全く感情の見えない無表情でじっと玲琳を見つめていた。この女は鍠牙の側室。鍠牙を案じ、自分も彼のために何かしたいと望んでいる――というわけではない。

「供をせよとご命令ください」

里里は揺るぎない無感情で己の胸に手を当てた。この女は鍠牙への忠誠を誓っているわけではない。彼女は敵対すべき相手である玲琳に忠誠を誓っているのだ。

玲琳はしばし思案し、里里の頬に手を触れた。

「いいえ、供をする必要はないわ。その代わり、お前は鍠牙の傍に侍(はべ)っていなさい。あの男が勝手な行動をとらないよう見張っていて」

里里は無表情のままわずかに首を傾げた。

「私がですか？」

「ええ、鍠牙はおそらく、お前が相手なら感情的にならないと思うわ」

「どうしてですか？」

「お前が明明の妹で、鍠牙に何の関心も抱いていないからよ」

玲琳はにこやかに答えた。

里里はよく理解できないようで、しばし首を傾けたまま頬に触れる玲琳の手の感触を味わっていたが、少ししてこくんと小さく頷いた。

「承知しました。私は陛下の見張りをします」

「いい子ね、頼んだわよ」

もう一度よしよしと頰を撫でてやり、玲琳は踵を返して歩き出した。


向かったのは紅玉が予言した場所、後宮の庭園の端に設えられた離れである。

足早に庭園を突っ切り、一直線に離れへやってくると、驚いている見張りの衛士を無視して窓の下の壁をドンドンと叩いた。

「なあに？　だあれ？」

乱暴な物音に戸惑いつつも、夕蓮が格子窓から顔をのぞかせた。

「あら、玲琳。今日も遊びに来てくれたの？」

寒風を一瞬で春風に変える微笑みで、窓から手を伸ばしてくる。

「昨日のお菓子がまだ残ってるのよ、一緒に……」

「お前、鍠牙に何かした？」

玲琳は彼女を真正面から見上げ、率直に問いかけた。

「ええ？　どういうこと？　鍠牙がどうかしたの？」

夕蓮は心配そうな口調で、愉快そうに笑いながら聞き返してくる。

その相反する反応に、玲琳はゆるく息を吐いた。

「お前ではないのね」

夕蓮は基本的に嘘を吐かないし、誤魔化すのならもっと危うい反応を見せる。この様子を見るに、彼女が何か悪だくみをして鍠牙に危害を加えた――というわけではなさそうだ。そもそも、夕蓮が懐古の術を使えるとも思えない。ならば、紅玉はなぜ玲琳をここへ来させたのだろう？

意味は必ずあるはずなのだ。そしてそれは、玲琳にとって利益になることに違いない。紅玉は玲琳を好いてはいないが、玲琳を敵に回すことは絶対にしない。

「……鍠牙が何者かに蠱術で呪われてしまったのよ」

考えた結果、玲琳はそれを夕蓮に告げることにした。夕蓮はたちまち目を大きく見開いた。

「やだ、大変！　どういうこと？」

「今朝起きたら、鍠牙が十七歳の少年になっていたの」

玲琳はそう切り出し、今朝から今までにあったことを全て話して聞かせた。

「お前は何か知らない？　何でもいいわ。思いつくことを片っ端から教えて。犯人の心当たりでも、鍠牙が狙われた理由でも、最近お前に言い寄ってくる新しい男の存在でも、何でもいいから言いなさい」

玲琳がそう締めくくると、夕蓮はぽかんとし、そして美しい瞳を輝かせた。

「あらやだ、何それ。面白そうなことになってるのねえ」

頬が桜色に上気する。うっとりと目を細める姿は、まるで恋する乙女のよう……

「息子の寿命を削られて面白がるのはおやめ。占い師の紅玉がお前に話を聞けと言ったわ。お前は何か知っているはずなのよ」

「ううん……困ったわ、私なんにも知らないわ」

夕蓮は眉を八の字にして困り顔になった。

「何でもいいのよ。どんな些細（ささい）なことでも」

玲琳はなおも追及する。必ず何かあるはずなのだ。

すると夕蓮は、ああ……と小さく声を漏らした。

「そういえば、その年って……譲玄（じょうげん）が死んだ年だったかしら？」

「譲玄？　誰？」

知らない名だ。十六年前といえば玲琳が斎帝国の後宮で暮らしていた頃である。魁の人間であれば玲琳が知るはずはない。

「譲玄は鍠牙に学問を教えていた学者よ。その人が死んだのが、たしか鍠牙が十七歳の時だったわ。でも、それって何か関係あるの？」

夕蓮は白い頬に手を当てて不思議そうに小首をかしげた。

「……分からないわ」

答える玲琳の胸はどくんと大きく鼓動した。

鍠牙の師——まただ。またその存在が出てきた。

「譲玄というのは男の名ね？　鍠牙はその男と仲が良かったの？」

「ええ、鍠牙は譲玄をとても慕ってたわ。譲玄はねえ、剣術も体術もからきしダメで、頼りない人だったけど、すごく頭のいい人だったのよ。お師様に聞けば何でも分かるって、鍠牙はいつも言ってたわ。本当にそうなの、あの人に聞くとね、何でも答えが返ってくるのよ」

ぱあっと花咲くように言われ、玲琳は違和感を抱く。まるで特別な相手を語る態度ではないかと怪しむ。

「もしかして……お前もその男と仲が良かったの？」

「もちろんよ」

夕蓮は即答した。

「だって譲玄は、この王宮に長年仕えて、誰よりも私の傍にいてくれた大切な大切なお友達だったんだもの」

誰よりも傍にいた友達――？　玲琳は思わず頬を引きつらせた。

この化け物と長年一緒にいた男……そんなもの、嫌な予感しかしない。

夕蓮という女の本質を玲琳は知っている。

これは生まれながらの化け物だ。他者の愛情を際限なく喚起して、人を、獣を、蟲を、狂わせる。

彼女の祖父は、彼女を愛して最初に壊れた。

彼女の父は、彼女を愛して人の道を外れた。

彼女の母は、彼女を愛して己を傷つけた。

彼女の兄たちは、彼女を愛して殺しあった。

彼女の弟は、彼女を愛して毒に溺れた。

彼女に仕えた使用人たちは、彼女を愛して殺された。

そして彼女の息子は、彼女への愛を断ち切れず今もまだ苦しんでいる。

彼女と近しい者たちは、みな救いようもなく破滅しているのだ。

玲琳もまた、彼女を初めての友として愛している。

これは蠱師でも殺せぬ真正の化け物だ。

そんな女の傍に長年居続けて、人生を狂わされなかった——などということがあり得るだろうか？　答えは否だ。

「その男はなぜ死んだの？」

何か恐ろしいことに巻き込まれたのではないか……そう思われてならない。何の根拠もないが、その譲玄という男はこの事件に関わりがあるような気がするのだ。

「譲玄は盗賊に襲われたのよ」

「盗賊？」

「ええ、そうよ」

盗賊という言葉に玲琳は首を捻る。

鍠牙は師が死んだ時のことを夢に見たと昨夜言った。自分もその場にいたのに、何も覚えていないと……それが盗賊に襲われて死んだ……？

「それは確かなの？」

「ええ、だって私もそこにいたもの」

玲琳はまた驚く。夕蓮と鍠牙は譲玄が死んだとき同じ場所にいたのか？

「襲われたところを見ていたの？」

「そうよ、私と譲玄が駆け落ちした時の出来事よ」

「………は!?」

玲琳は目が点になった。

駆け落ち？　駆け落ちとは……どういう意味だった？　混乱しすぎて言葉の意味を見失う。

「お前が、その男と駆け落ち……？」

「ええ、王宮から逃げ出したのよ。二人で誰も知らない遠い場所へ行こうとしたの」

夕蓮は玲琳の困惑ぶりが楽しいのか声を弾ませて、窓に顔を寄せた。

いいかげんにしろ、いきなり鈍器で背後から頭を殴るような発言をするな。

玲琳は狼狽しながらもなんとか理性的に頭を働かせようと努めた。

いや、その話は変だ……

鍠牙は譲玄の死に際に立ち会ったはずなのだ。夕蓮と譲玄が二人きりで逃げ出したというのは矛盾してはいないか？

「駆け落ちなんて……いったい何故（なぜ）？」

「だって、譲玄が一緒に逃げようって言ったんだもの」

「だからついていったというの？」

「ええ、だって私は彼を愛してたんだもの」

玲琳はとうとう絶句した。これ以上追及すると頭が破裂しそうだ。

何だこれはどういう話だ、自分は今何を掘り起こそうとしているのだ。これを掘り起こしてしまったら……誰かの致命傷になってしまわないか？

文字通り頭を抱えてしまった玲琳の手の甲を、夕蓮はちょいちょいと優しくつついて気を引き、歌うように言葉を紡ぐ。

「だけど彼は死んじゃったの。真っ白な雪の野原を二人で歌いながら逃げているところだったかしら……欲に目のくらんだ盗賊に襲われて、彼は殺されてしまったの。可哀想(かわいそう)にね」

言葉通り悲しげな顔を作ってみせる。玲琳でなければ胸を痛めていたであろう美しく悲しげな表情だ。

「お前の方は盗賊に襲われなかったのね」

「ええ、その前に陛下が助けに来てくださったわ」

一瞬誰のことだか分からなかったが、当時の陛下というのは鍠牙の父のことだろう。夕蓮は思い出すようにふふっと笑った。

それは駆け落ちしようとした相手を殺された女の笑みではなかったし、自分が裏切った夫を語る女の笑みでもなかった。

明るく、朗らかで、愛らしい……化け物の微笑み。

「懐かしいわ……だけど、これって鍠牙が呪われたことと関係あるの？」

「さあ……どうかしらね」

あいまいにはぐらかしながらも、玲琳はすでに確信を持っていた。

この話は今回の事件と関係があるのだ。そうでなければ、紅玉が玲琳をここへよこすわけがない。

だが、いったいどう関わっているのだろう？

犯人の正体と目的が全く分からない。想像もつかない。

鍠牙が十七歳に若返ることで、誰が、何の、利益を得るというのだろう？

本来懐古の術は、どんどん若返らせて寿命を奪って死に至らしめる術なのだ。そういう毒なのだ。だが、鍠牙は十七歳という年齢で留まっている。この年齢に戻すことに、いったい何の意味が……？

「鍠牙は今、どんな様子なの？」

考え込んでしまった玲琳に、夕蓮は弾んだ声で問いかけてくる。

「荒れているわよ、大荒れよ。なにしろあの男は今グレているらしいから」

「ふふ、大変」

「ええ、大変」

玲琳は肩をすくめてみせる。

「そんな楽しそうなことが起きてるのに、閉じこもってるのってつまらないわ。そろそろここから出ちゃおうかしら。どう思う？」

夕蓮は朗らかに問いかけてくる。幽閉という形をとってはいるが、本当は彼女をここに閉じ込めておくことなど不可能なのだ。衛士の一人も籠絡すれば……猫の一匹も使えば……彼女はあっという間にこの離れを出ることができるだろう。彼女をここに押し込めているものの正体は、彼女自身の単なる気まぐれにすぎない。

「……そうね、出たければ出るといい。私はお前を止めないわ。お前をここから出すことこそ、私がここに来た意味かもしれないのだしね」

本心からそう言うと、夕蓮は目をぱちくりさせて小さく笑った。

「ふふふ、冗談よ。ここから勝手に出たりしないわ。ここに閉じこもっていたって、自由に外へ出たって、世界が退屈なことに変わりないんだもの。だからまだ――ここにいることにするわ」

まだ――という言葉に一瞬不吉なものを感じ、窓の奥にある彼女の顔を覗き込む。けれどそこにあるのは清らかな微笑みだけで、禍々（まがまが）しい思惑などどこからも感じ取れはしないのだった。

自分に何が起きているのか理解できない。

自分が何故ここにいて、どこへ向かっているのかも……

鍠牙は寝間着のまま、居室の中央に立ち尽くしていた。

腹の内を焼かれているような感覚がある。じりじりと酷く痛み、身動きもできずただ佇んでいることしかできない。

自分が訳の分からない術で若返ってしまっている――にわかには信じがたい話だ。

父がすでに死んでいて自分が王になっている――にわかには信じがたい話だ。

しかし、自分の感覚だけが正しく周りの者が嘘を吐いているのだ――と断言してしまえるほど鍠牙は己を信用してはいないのだった。

だから信じがたいことでも受け入れるしかなかった。

懐古の術……とか言っていたか……その言葉を思い出すと同時に、その台詞(せりふ)を放った女の顔を思い出した。

全身に気色悪い虫を纏(まと)わせたあの女……あれが自分の妻？

思い出すだけでぞっとした。蟲師だから……ではない。最初に目を合わせた瞬間だ。あの目に見据えられた瞬間、鍠牙は身動きが取れなくなったのだ。

たぶん、鍠牙よりいくつか年上だろう。整った顔立ちに凜(りん)とした表情を浮かべた美しい女だった。しかし、美しさが必ずしも美点にはならないことを鍠牙はもうずっと前から知っている。

美しい女などというものは、ろくな生き物じゃない……そんなことは分かっていたはずなのに、自分はあの恐ろしい女を妻に迎えたのだ。

自分というものに対する不信感がまた一つ募り、激しい苛立ちと怒りが込み上げ、鍠牙は足元に壊れて倒れている卓をまた蹴とばした。壁に激突したそれは大きな音を立てて真ん中から割れた。

「うるさい!!」

目の前にあるものを一つ残らず叩き壊して、周りの全部を黙らせてやりたいという衝動が喉を焼き、痛む。

荒い息をしていると、部屋の端にひっそりと控えていた女が近づいてきて、壊れた卓を静かに片付け始めた。

その姿を見て鍠牙はまた苛立った。

「勝手なことをするな!　出ていけ!」

叫んだが、女は顔色一つ変えなかった。それどころか全くの無表情だ。

「あなたの命令は聞けません。私に命令できるお方はお妃様ただ一人です」

別世界から話しているかのような無感情。あまりに感情のないその様子に、鍠牙の激情はたちまち虚しく冷まされた。

いったいこの女は何なのだと、鋭い目つきで睨みつける。睨まれた女はやはり無表情のままだった。

「……お前、新しく入った女官か？」

見覚えのない、おそらく初対面の女だ。

懐疑的に睨んでいると、女は表情を変えることなく唇だけを動かした。

「姜家の里里と申します」

「里里……里里……!?」

鍠牙は目をむいた。里里のことは知っている。昔から仕えてくれている利汪と、許嫁だった明明の妹だ。彼女は確か十歳前後だったはず……年は合っている。鍠牙は彼女に直接会ったことがなかったが、話には聞いたことがあった。彫像のような無表情の控えめな娘……人物像も合致している。だが、自分より遥か年上になっている彼女の姿は、鍠牙の身に起きた異常事態が夢でも幻でもない確かな現実であることを眼前に突き付けてきた。

「何でお前がここにいるんだ!?」

「お妃様からあなたを見張れと命じられましたので」

「いや、違う……何で後宮にいるんだ!?」

一瞬彼女が、明明を死なせた鍠牙を断罪しにきた死神のように見えた。が――

「私は陛下の側室ですから、ここで暮らしています」

里里は鍠牙の疑問にあっさり答えを返してきた。しかし鍠牙は彼女の発した言葉の意味を把握できなかった。彼女が陛下と呼ぶ人物が、いったい誰なのか理解できなかったのだ。鍠牙が知る陛下と呼ばれる人物は、父だ。しかし父は死んだという。ならば今陛下と呼ばれているのは――

「私はあなたの側室です」

里里は鍠牙の疑問を察したかのように、先回りしてそう言った。

鍠牙は愕然と顎を落として硬直してしまった。

「お前は何を……言ってるんだ？」

「ただの事実を言っています」

「俺がお前を側室にしただと？　明明の妹であるお前を？」

「はい、陛下は私を側室になさいました」

どこまでも無感情なその答えに、鍠牙は血の気が失せた。

心の臓がばくばくと嫌な音を立て、全身が冷たく凍えてゆくような気がする。

「俺は……十六年後の俺は……頭がどうかしたのか？」

頬を引きつらせて呟く。

「気色の悪い蠱師を妃に迎えて、お前を側室にして……俺は何をやってるんだ？」

十六年後の自分とやらは、道を踏み外してしまったのだ。何をどう間違えたらこんな未来が訪れるのか……見当もつかない。

しかし里里は狼狽する鍠牙を更に打ち据える。

「あなたはお妃様を、この世で一番大切な姫と呼んで宝物のように扱っていらっしゃいました。そしてご自分のことを、姫の奴隷だと嘯いておられました。それはもう楽しそうに、毎日お妃様に服従しておられました」

もはや鍠牙は絶望するしかなかった。

「……そんな男は今すぐ地獄の底に埋めてしまえ」

苦々しく吐き捨てる。

「ですがこれは厳然たる事実です。お妃様は蠱師ですから、毒で人を呪いもするし、救いもする。私もあなたも、お妃様に救われた無力な下僕にすぎません」

「……酷い言いようだ、お前は本当に俺の側室か？」

思わず笑い出しそうになるが、笑ったら最後、もう二度と正気は取り戻せない気がしてそれを堪える。

里里は残酷に頷く。

「はい、もちろんあなたの側室です。他ならぬお妃様が私に側室となるようお命じになったのですから。私を生かしているのはお妃様の命令だけ、お妃様がお命じになるなら私は誰の妻にでもなります」

「……意味が分からない」

「そうですか。もう一度説明しましょうか？」

「……しなくていい」

鍠牙は床に頽(くずお)れ、ぐったりとうなだれた。もう顔を上げる気力すらなかった。

自分が本当に生きているのかも分からない気がする。

深々とため息をつきながら目を閉じると、あの女の顔が頭に浮かんだ。鍠牙の妻だというあの蠱師の、強烈な瞳が――

頭の中がカッとなった。

激しい怒りと嫌悪が再び湧く。

あんな気味の悪い女を、どうして十六年後の自分は妻にできたのだろう。どう考えても、十六年後の自分は頭がどうかしてしまっている。

一度はおさまった破壊衝動が込み上げてきて、抑えようとすると吐き気がした。

全部、叩き壊してしまいたい。

真っ先に――あの女を――

あの細い肢体をバラバラにするさまを想像したその時、激痛が走った。あまりの痛みに頭を押さえて蹲(うずくま)る。

「……何か悪いことを考えましたか？」

里里は一考して尋ねてくる。

「お妃様に反抗するようなことを考えましたか？　それはよくないことです。元の大人に戻ればそんなことは考えなくなりますよ」

「……戻りたくない」

鍠牙は血を吐くように呟いていた。

「あんな女を妻にするくらいなら永久にこのまま一人でいる方がましだ！」

激情が肉体を凌駕し、一瞬痛みを忘れる。

顔を上げると、初めて里里の表情が変化していた。

少し驚いているような……少し怒っているような……

「お妃様がいなければ一日だって過ごせないお方が、何という愚かなことを。お妃様を抱きしめていなければ、眠ることすらできないではありませんか」

「は!?　馬鹿なことを言うな！」

鍠牙は仰天して声を荒らげた。

あの女を抱きしめて眠る……？　想像すると眩暈がした。頭の中がカッカと熱くなっている。

そんなこと、あるはずがない。自分が誰かと共に眠るなどありえない。そもそもまともに眠ることができないのだ。毎晩毒に痛めつけられている姿をどうして人に見せられるというのか。

だからこの話は嘘に決まっている。

「……あなたは本当に姉を亡くしてグレてしまったんですね。姉から聞いていた昔のあなたとも、お妃様と出会ってからのあなたとも違う……私の知っているあなたとは別人みたい」

里里は冷ややかに言い、ふいっと視線を外した。

「まあ……どうでもいいことですけど。昔のあなたは私にとって単なる姉の許嫁でしかなく、現在のあなたは私にとって単なるお妃様の蟲でしかありません。だから……目の前のあなたは私にとって何者でもないただの肉塊のような気がします。ですからどうか、早く人間に戻ってくださいね。少なくとも今日の夜が来る前には、お妃様に屈することをお勧めします」

「……どういう意味だ？」

「そうしなければあなたは眠ることができないからです」

その言葉はまるで呪いか予言のように、鍠牙の身の内へ冷たく浸み込んでいった。

玲琳は夕蓮のいる離れから後宮へ戻ると、考え込みながら廊下を歩いた。

鍠牙を呪った犯人は、十六年前夕蓮が駆け落ちしたことに何か関わっているのだろうか？　その時盗賊に殺されたという譲玄は……？

唸りつつ歩いていると、廊下の向こうから歩いてきた三人の女官たちが道を開けて恭しく礼をした。

玲琳は何気なく立ち止まり、彼女たちをしげしげと眺める。三人とも年嵩(としかさ)で、ずいぶん長く王宮勤めをしていると思われた。

蠱師である王妃の視線に突き刺された女官たちは、ドギマギしたらしく表情を硬くしている。

「……お前たち、いつからこの後宮に仕えているの？」

唐突な玲琳の質問に、女官たちはいささか戸惑いながらも答える。

「も、もう二十年になりますわ」

「そう……なら、十六年前のことを知っているかしら？」

その数字を出した途端、女官たちの表情が凍った。恐怖や緊張の表情を浮かべたわけではない。ただ、凍ったのである。

玲琳の胸中に思わぬ緊張感が湧きあがった。

「十六年前、夕蓮が男と駆け落ちしたわ。お前たちはその前から仕えていたということとよね？　ならば、当時のことを覚えているでしょう？　譲玄という男について知りたいのよ」

玲琳は慎重に言葉を重ねる。しかし、凍てついた彼女たちの表情が溶けることはなかった。

「譲玄などという男は存じません」

彼女たちは一様に首を振ってそう答えた。

知らない？　あの夕蓮と駆け落ちした男を知らない？

「夕蓮が駆け落ちしたのは事実よね？」

「……申し訳ありませんが、私たちは何も覚えておりません」

玲琳は絶句した。

まさか、夕蓮が玲琳に嘘を教えたというのだろうか？　いや、それはない。夕蓮は、こんな嘘を吐く女ではない。駆け落ち事件はあったのだ。だが、周りには知られていなかったということか……？

難しい顔で考え込む玲琳に、女官たちはようやくいつもの微笑みを浮かべた。

「お妃様、残念ながら当時のことを覚えている者はいないと思いますわ」

「ええ、あの頃のことは誰に聞いても無駄だと思います」

「諦めた方がよろしいかと」

心配そうにそう言われ、玲琳は力を抜くように短く嘆息した。

「そうね、全員に聞いてから諦めることにするわ」

そう告げると、ひらり手を振り優雅にその場を立ち去った。

女官たちはそんな玲琳を困惑顔で見送ったのだった。

そして玲琳は宣言通り、十六年以上前から勤めている女官たちに片っ端から話を聞いて回った。

そしてあまりの結果に戦慄する。

一人も……ただの一人も、当時のことを覚えている者はいなかったのだ。

玲琳の疑念は確信に変わった。

十六年前の駆け落ち事件には、何かあるのだ。そうでなければこれほど重大な事件を皆が忘れるはずがない。十六年前、確実に何かがあったのだ。

そしてそれは——今回の騒動に繋がっている。

その夜のこと——
玲琳は大量の薬草と毒草と鉱物と道具を詰め込んだ籠を抱えて、鍠牙の部屋の前にやってきた。

夕蓮と女官たちから得た情報は、結果として玲琳をさらなる混乱に陥れた。鍠牙を呪ったのが何者か、その目的は何なのか、何一つ分かることはなかったからだ。

ならば今の玲琳にできることは、鍠牙にかけられた懐古の術を解蠱することしかない。鍠牙の中に巣くう蠱を取り出し、それを使って術者たる蠱師を突き止めれば、この事件が何のために起こされたものかも分かるだろう。

玲琳はそのために大荷物を抱えて鍠牙の部屋を訪れたのだった。

部屋の前に立ち尽くしてしばしのあいだ考え込む。自分が突然ここへ乗り込んだら……あれほど蠱師を厭(いと)っていた彼だ。たちまち玲琳を追い出そうとするかもしれない。

籠を抱えたまま唸る。ならばいっそ、雷真と風刃に命じて縛り付けてしまった方がいいのでは……？

玲琳が不穏当なことを考えていたその時——

「出ていけ!!　いつまでここに居座る気だ！」

突然部屋の中から怒声が響いた。ぎょっとして一歩下がる。

が、出ていけ——というのは室内にいる人間に対して使う言葉で、もちろん室外にいる玲琳に向けられた言葉ではない。

鍠牙が室内にいる人物に怒鳴っているのだ。今の彼が人を不用意に傷つけないと信じるほど玲琳は彼に厳しくなれず、籠を抱えたまま勢いよく扉を開いた。

「何を騒いでいるの！」

大きな荷を手に足を踏み入れると、部屋の中央には見張り役を任せた里里が背筋を伸ばして立っていた。玲琳は素早く部屋の中を見回す。鍠牙は……どこだ？

きょろきょろと視線を動かし、部屋の端に目を留める。

そこに、見慣れぬ白い塊があった。布団の塊……？　いや、人が布団を被（かぶ）っているのだ。ぎょっとする玲琳の目の前で、布団の塊から鍠牙が顔を覗かせた。

その顔を見て玲琳は少し驚く。想像の中にある彼の顔と比べてやはりずいぶん幼く、見知らぬ少年と対峙（たいじ）しているような気がしてしまう。

鍠牙は布団を被って外界との隔たりを作っていたらしい。そういう幼稚な行為も今までの彼とは違っていて、なんだかおかしな感じがした。

鍠牙は闖入者（ちんにゅうしゃ）たる玲琳の方を向くと、何か酷く汚いものを見るような目になった。

「またお前か……どいつもこいつも目障りだ！　二人とも今すぐ出ていけ！」

彼は布団を被ったまま再び怒鳴った。今度は玲琳と里里の二人に向かって。

しかし怒鳴られた里里はゆっくりと首を振った。

「何度申し上げたら分かるのでしょう？　私に命令できるのはお妃様だけです。あなたの命令など塵芥（ちりあくた）にも等しい」

微塵（みじん）も揺らがぬ無表情。

鍠牙は怒っているとも呆れているとも、また泣き出しそうともいえる様子で乱暴に自分の頭を掻く。

このまま放置していると事態はより悪化しそうだと思い、玲琳は籠を床に下ろして口を挟んだ。

「里里、よく見張っていてくれたわね」

すると里里は玲琳の方を振り向き、ほんのわずかに瞳を輝かせた。

「はい、お妃様のご命令でしたから」

「いい子、えらいわ」

玲琳は彼女を手放しでほめてやる。

「お前は十分役目を果たしてくれた。もう自分の部屋へ戻っていいわ」

「はい、では失礼します」

里里はさっきまでの頑固さと打って変わって素直に礼をすると、静かに部屋を出ていった。

後には玲琳と鍠牙の二人が残された。

彼は布団を被ったまま、荒い息をしながら射殺さんばかりに玲琳を睨んでいた。

まるで手負いの猛獣のようだ……扱いを間違うと、自分が噛まれる。

玲琳は彼に噛まれることなど恐れてはいなかったが、周りの者を噛ませるわけにはいかなかった。

一刻も早く彼を解蠱しなければならない。そのためには彼の体に触れ、その内側を探る必要があるのだ。だが、今の鍠牙がそれを受け入れるとは到底思えなかった。

玲琳より年下になってしまった今の繊細で凶暴なこの少年を、どう扱ったらいいのだろうか？

男を籠絡する？　子供をあやす？　どちらも玲琳が得意とするところではない。

玲琳とまだ出会っていない目の前の若者は、これ以上ないほどの嫌悪と警戒を込めて玲琳を見ている。そのまなざしに突き刺され、玲琳は今更、改めて、つくづくと、不思議に思ってしまった。

この男は何故、玲琳を愛したのだろう？

この世にはあふれかえるほど女がいるというのに、いったい玲琳の何を気に入ったのだろう？

本当に呆れるほど女の趣味が悪い。

嫁いで八年以上経(た)つというのに、玲琳はそのことを真剣に考えたことがなかった。興味がなかったのだ。鍠牙が玲琳を愛していようが嫌っていようがどうでもいい。彼がどのように抗(あらが)おうとも玲琳から離れられぬことは事実で、そして彼がもたらす魅惑的な毒に溺れられればそれでよかったのだ。

鍠牙が正気を保つには李玲琳という女が必要で、玲琳が蠱術を極めるには楊鍠牙という男が必要だったのだ。

が——それは昨日までの話だ。今の彼は玲琳を必要とするどころか、蛇蝎（だかつ）のごとく嫌っている。

　玲琳は蠱師の矜持にかけて何があろうと鍠牙にかけられた蠱術を解くつもりでいるが、万が一……いや、億が一にもこの男がこのままであった場合、はたして彼は再び玲琳を求めるようになるのだろうか？

　求めてもらわなければ困る。この男に触れられなくなったら困る。

ならば、嫁いだばかりの頃と同じことを繰り返せば彼はまた同じように玲琳を必要とするだろうか？

　玲琳は嫁いだばかりの頃のことを思い出そうと、記憶をたどった。

　鍠牙は目の前の少年のように分かりやすく感情を垂れ流す人間ではなく、胡散臭（うさんくさ）い笑顔で玲琳を初めから嫌悪している男だった。それがいったいぜんたい何がどうして玲琳を愛するようになったのだったか……

　自分はいったいどうやって、この男を飼い慣らしたのだろう？　必死に記憶をたどっていると、一つ重要なことを思い出した。

　始まりは、玲琳が蠱毒に苦しむ彼のために、解蠱薬（かいこやく）を作ったことだった。あの夜から、変わり始めたのではなかったか……？

そこに思い至り、玲琳の額に嫌な汗が滲(にじ)んだ。

はっと意識を向けると、目の前の鍠牙は布団の中から無言で玲琳を睨んでいる。

これは……もしかすると、今非常にまずい事態が起きているのではないか……？

鍠牙を苦しめ続けていた蠱毒は、もう彼の中には存在しない。彼はもう、苦しむことなく安らかな夜を過ごすことができるのだ。

これは……まずい。非常にまずい。

毒の痛みは彼にとって罰だった。それがなくなってしまったということは——

「出て行けと言ってるだろ。殺すぞ」

鍠牙は怒気を深く沈めた低い声で言った。

玲琳はその脅し文句に驚いてしまう。殺すなどという凶暴で幼稚な脅し文句を彼がこんな風に使うのは初めて見た。本当に、心の底まで若返ってしまったのだ。

「そんなに私を追い出したい？　どうしてかしら？　眠る時に人がいるのは嫌？　誰にも見せたくない？」

玲琳の問いかけに、布団の塊が震えるのが分かった。

「……訳の分からないことを言うなよ、気色の悪い蠱師め。本当に今すぐ殺されたいかよ」

鍠牙は憎々しげに毒づいた。この世で一番疎ましい相手を見るかのような眼差し。全身からほとばしる嫌悪。

玲琳はますます驚いて呆然としてしまう。あの鍠牙が、玲琳に対してこんなことを言うだなんて……こんな目で見るだなんて……初めてのことだった。

ぐらりと眩暈がし、心が折れそうになる。それでもどうにか堪え、ぎりと歯噛みして玲琳は鍠牙を睨み返した。

「お前……もう一度言ってみなさいよ」

言った瞬間、後悔した。

違う……今はこんなことを気にしている場合ではない。彼が何を言おうが動揺するべきではない。だけど……彼の言葉は玲琳の胸に深々と突き刺さった。

鍠牙は狼狽える玲琳をなおも罵る。

「気色の悪い蠱師だと言った。それがどうした。お前がいくら傷つこうが、俺は痛くもかゆくもない。どうして俺はお前みたいな醜悪で汚らわしい蠱師を娶ったんだ……。こんな未来が訪れるくらいなら、この世の人間など死に絶えろ！」

触れれば切れそうな痛々しさで、彼は玲琳を傷つけるための言葉を吐く。

熟成しきらない若芽のような青くさい毒。生々しく鮮烈な血なまぐさい毒。それを真正面からぶつけられ、玲琳はよろめく。

違う……違う……！　今はこんなことに動揺している場合ではないのだ。蠱師として冷静に彼を診察し、解蠱しなければならないのだ。何を言われても心を動かすべきではない。けれど……！

「くっ……もう少し言ってみなさいよ」

玲琳は限界まで険しい顔になり、堪えきれずに再び言った。そこで鍠牙は異変を察知したのか、怪訝な顔になった。

ああ……ダメだ……もうダメだ……もう無理だ……降参するしかない……

玲琳はくらくらしながら彼の目の前にしゃがみこんだ。

「もっと言いなさい」

鍠牙は気圧(けお)されたように布団ごと後ずさった。

玲琳は引き止めるように布団の端を引く。

この非常時にこんなことを……玲琳はしかめっ面で鍠牙を睨んだ。

「お前は本当に悪い男ね……私とて鬼ではないのだから、今のお前に無体を強いるつもりなどなかったのよ。それなのに……そんな毒を見せるなんて反則だわ。そんなに私を誘惑して……私がお前を本気で襲ったらどうするの。それとも私に襲われたいの？　それでいいの？　本当に襲うわよ？　いいわね？　私は今からここでお前を襲うわよ？」

「なっ……何なんだよお前は！　消えろ！　死ね！　近づくな!!」

鍠牙は玲琳を罵り、逃げるように布団の中へ隠れてしまった。全身すっぽり包まれて全く見えなくなる。玲琳の目の前で、彼は単なる布団の塊になってしまった。

玲琳は布団の塊を渋面で眺めながら額を押さえる。

二十年以上熟成された彼の毒は、この世の何より玲琳を魅了する蠱惑的な毒だ。その毒の熟成過程を……本来なら一生見ることのなかったその毒を……見せつけられてどうして平気でいられるだろうか。

この非常事態に人を誘惑するとは、なんという不埒な男。

玲琳は誘惑に抗い、にやにや笑いだしてしまいたい気持ちを抑えて頭を振った。いけない。今はこんなことをしている場合ではない。

自分は蠱師だ。蠱師なのだ。その役目を果たさなくては……

そう言い聞かせ、気持ちを切り替える。

深呼吸し、鍠牙の被る布団をかすかに引いた。

「人に見られるのがそんなに嫌なの？　そうでしょうね、お前が私に何を見られたくないのか知っているわ」

玲琳が囁くように告げると、呼吸と共に揺れていた布団がぴたりと止まった。

「お前が夕蓮に何をされたか知っているわ。お前が毒に侵されて、毎晩苦しんでいることを知っているわ」

淡々と言いながら布団の端をめくる。獣のような瞳が覗く。しかしすぐに彼は玲琳の手を振りほどき、再びすっぽり布団をかぶって亀のように丸まってしまった。

玲琳は思わず吹き出しそうになりながら、鍠牙の背に覆いかぶさるようにしてその体を撫でた。

「私の話を聞いているわね？　いい子。私は蠱師で、お前の主治医よ。お前のことならなんでも教えてあげられる。だから私の話を落ち着いて聞きなさい。……お前の中に、もう夕蓮の毒はないわ。もう何年も前に毒は消えてしまったの。お前はもう、夜ごと毒の痛みに苛（さいな）まれることはないのよ」

瞬間、布団越しに彼の体が震えたのが伝わった。玲琳はその震えを抑え込むかのように体重をかける。

「怯える必要はないわ。私はどんな毒よりも危険な蠱師で、私がいればどんな毒からも守ってやれるわ。お前はもう、他の誰かの毒で苦しむことはないのよ」

嘘ではない。彼を苛むのは玲琳の毒だけで、他の誰かの毒ではないのだから。

「顔を見せてごらん。私がお前の敵ではないことを、ちゃんと教えてあげるから」

玲琳は優しく呼びかけ、また布団の端をめくった。

しかし鍠牙はかたくなに布団から出てこようとせず、玲琳の手を払って小さな暗闇に閉じこもってしまう。

「困ったわね……どうしたら私を信じてくれるの？」

「……お師様は……何で来ないんだ……」

布団の中から不意にそんな言葉が聞こえてきた。

「俺がこんな状況なのに、何であの人は来ないんだ！」

ドンと床を叩く。

お師様――その言葉に玲琳はぎくりとする。鍠牙の師だったという譲玄。鍠牙はずいぶん慕っていたと聞く。

玲琳はしばし迷い、布団の上から鍠牙の背に手を当てた。

「譲玄のことね？　彼はもうずっと前に死んでいるわ。ここには来ない」

はっきりと告げる。すると鍠牙は稲妻にでも打たれたかのように震え、布団から顔を出した。

「……嘘だろ」

「嘘ではないわ」

「何で!!」

「彼は夕蓮と駆け落ちして死んだのよ」

これは今回の事件と何らかの関わりがある。玲琳はそう睨んでいる。故に、告げた。

「なん……だと……？　そんなわけあるか！　お師様があの女と駆け落ちなんて……するわけがないだろ！　お師様は俺と約束したんだ……それなのに、約束を破って死ぬわけないだろ！　お師様が死んだら……」

鍠牙は真っ蒼になってがくがくと震えだした。

「彼が死んだら何だというの？」

玲琳は猛禽類のごとき瞳で鍠牙を射る。

昨夜からずっと、譲玄の存在が辺りをちらついているのだ。鍠牙自身も、譲玄と今回の事件との関わりに、何かしらの手がかりを持っているのではないか……？

「……出ていけよ」

鍠牙は答える代わりに拒絶の言葉を吐き出した。

「出ていけ！　お前の言葉なんか信じるか！」

突如布団を払って立ち上がり、玲琳の腕をつかむ。

「ちょっと、何を……」

驚く玲琳を引きずり、乱暴に部屋から叩き出すと扉を閉めてしまった。

玲琳は扉の前で呆然と立ち尽くす。再び無理やり押し入ったとしても、またすぐに追い出されてしまうだろう。

「あ……籠を……」

薬草や道具を入れた籠を中に置いたままだ。

思わず舌打ちし、品のない行為をしてしまった自分に腹が立つ。

ここまで拒絶されていては、とても解蠱するどころではない。力ずくで押さえ込んでしまえばできるだろうが……下手すると酷い怪我を負わせる可能性もある。

根気強く説得していくしかないかとため息を吐いた。

本当に、八年前の自分はいったいどうやってこの男を誑し込んだのだろうか？　当時の自分に問いただしたい気持ちだ。

人を懐柔することには慣れていない。策略で人を籠絡できるほど、玲琳は他人に興味のある人間ではないのだ。無意識でやってしまったことを八年もたってもう一度やれと言われても、そうそうできるものではないのである。

第二章　逃亡

それから二日の間、鍠牙は部屋に籠り続けた。

誰も人を寄せ付けず、食事もとらず、水の一滴すら飲まない。

鍠牙の異変はごくわずかの者たちの間だけに留められ、表向きは体調を崩して寝込んでしまったと知らされた。

そのあいだ玲琳は幾度も鍠牙の部屋を訪れ籠絡を試みたが、鍠牙は扉を閉ざしたまま、玲琳の話を聞こうとすらしなかった。

そして三日後、吹雪の夜のこと――

子供部屋の寝台の中で双子が身を寄せ合っていた。

いつもなら一緒に眠るはずのお付き女官は、二人を寝かしつけたあと、隣の部屋で繕い物をしている。

「ねえ、火琳。お父様はまだお部屋からでてこないね」

炎玲はひそひそと姉に話しかけた。

「若返りの呪いがまだ解けてないのよ」

火琳は愛らしい眉を寄せる。

大人たちが必死に隠している父の異変を、子供たちはとっくに知っていた。

最初見た時、父が若返っていることを定かには理解できなかったが、周囲に耳をそばだてていればすぐに分かった。耳聡く勘のいいこの双子に隠し事をし続けるのは至難の業なのである。

「お父様、僕らのことおぼえてないのかな？」

「……そうね、きっと記憶も若返っちゃったんだわ」

「ずっとおもいだしてくれなかったらどうしよう？」

炎玲が不安そうにつぶやくと、火琳はムッとした顔になる。

「平気よ！　だってお母様がいるもの。お父様に困ったことが起きた時は、お母様が何とかしてくださるわ。お母様が困ったことを起こした時は、お父様が何とかしてくださるの。だから大丈夫なのよ！」

「うん、そうだよね」

炎玲はようやくほっとしたように笑った。

「じゃあ寝ましょ」

「うん……あれ？　いまだれか、窓のそとをとおった？」

「え？　誰が？」

「わからないよ。でも、あしおとがきこえた」

「ふうん？　衛士じゃないの？」

「……そうなのかなあ？」

炎玲は納得いかない風でしばらくちらちらと窓の方を見ていたが、やがて眠くなってあくびをした。

「お父様の呪い……はやく解蠱されるといいなあ……」

目をこすりながらあやふやな思考でそう言い、寝台に突っ伏す。

火琳もつられてあくびをすると、弟にぴったり寄り添って眠ってしまった。

その足音が誰のものだったのか……そんな疑問はあっという間に忘れ、二人は安らかな夢の世界へと旅立った。


その頃――鍠牙は雪の降る夜の街の通りを走っていた。

魁の王宮のどこを通れば誰にも見咎められず外に出られるか、鍠牙はよく知っている。いつもこうして王宮を抜け出し、友のもとへと向かうのだ。

走りながら、嫌なものが込み上げて何度もえずいた。

王宮の外は見知らぬ街になっていた。知らない建物がいくつも建っている。ついこの間まではなかったはずなのに……自分が異国へ紛れ込んだ気がして、体が震えた。

鍠牙の格好は乱れた寝巻のままで、靴も履いておらず、時折すれ違う人間たちは不審者を見るような目を向けてくる。

それでも鍠牙は走り続けた。凍てつく石畳に体の芯が冷える。足の裏に小石やごみが幾度も刺さり、皮膚が切れるのが分かる。全力で走り続ける体からは汗が噴き出し、それは極寒の夜気にたちまち冷やされ肌を刺されるような感覚をもたらす。足を止めぬまま走るうち、肺も気管も冷気に焼け付いた。

なのに……何故か痛みは訪れない。こんなにも全身が痛くて仕方がないというのに、どうしていつものあの痛みは……呪詛の痛みは訪れないのだろう？

恐怖心が背後から襲いかかってくる。あの女の言葉が正しかったことを、無理やり突き付けてくる。鍠牙の飲まされた毒はもう、この体の中に残っていないのだ。

夜ごと訪れるあの痛みは、もはや鍠牙を襲うことはないのだ。自分は解放されたのだ。もう何にも煩わされることはないのだ。

でも、じゃあ……どうして自分は眠れないのだろう……？

この三日、鍠牙は一度も眠ることができていない。毒の痛みは失われたのに、安らかな夜を送ることだってできるのに、鍠牙には眠りが訪れない。

怒りと、苛立ちで、体の震えが止まらないのだ。

震えが止まらなくて……寒くて寒くて仕方がなくて……だから鍠牙は王宮を飛び出し走っている。止まったら、凍えて死んでしまうに違いない。

ぜいぜいと荒い息をしながら走り続け、時間をかけてようやく目的の街にたどり着いた。

昔から裏街と呼ばれている場所。都の中にあって異彩を放つ、色と虚飾と荒廃の街。

変わっていない……裏街に入った瞬間そう思った。ついこのあいだ来た時と同じだ。何も変わっていない。そのことに安堵し、鍠牙はようやく立ち止まることができた。

ふらつく足取りで呼吸を乱しつつ街の中を徘徊する。誰もが寝静まっている真夜中だというのに、この街には煌々と明かりが灯っていた。

鍠牙の異様な風体を気にする者もいない。路地を覗けば裸でひっくり返っている男がいるような街だ。衣を纏っているだけで常人と呼ばれるには十分である。

よく知ったいつも通りの道をたどり、奥まった場所にある一軒の店に着いた。

店の戸をくぐると、そこにいた見知らぬ女が出迎えてくれる。

「いらっしゃい、ずいぶんな格好だねえ、お客さん。酔ってるのかい？　何か嫌なことでもあったなら、ゆっくりしておいきよ。全部忘れさせてあげるからね。どういう女の子がお好みだい？」

「……志弩」

鍠牙は息も絶え絶えに呟いた。

「あいつを呼んでくれ……」

かすれた声でそう言うと、鍠牙はその場に膝をついた。もう立っているどころか意識を保っていることもできず、とうとう倒れて意識を闇に手放した。

ああ……やっと眠れる……そのことだけを考えていた。

暗黒の世界に鍠牙は佇んでいた。

『鍠牙、今日は詩歌の練習をしようか』

目の前には、師の優しい笑顔があった。

師はいつもこうして鍠牙を迎えてくれた。

『お師様、そんなのより俺は算術がやりたいです。今日は算術の時間にしましょう』

鍠牙のわがままに師はいつも困った顔をする。

『いけないな、鍠牙。夕蓮から聞いたよ、君は好き嫌いが多すぎて困るってね。さあ、今日は詩歌だ』

困った顔をしても、師は一度だって鍠牙の言いなりになったことはない。

『兄上、母上に怒られてしまうよ』

いつも一緒に勉強している弟は、母が大好きな甘ったれだ。そういう弟が、鍠牙は可愛くて仕方がない。ふふんと笑って兄っぽく弟の頭を撫でてやる。

『お前は詩歌がやりたいのか？　夕賢（ゆうけん）』

『うん。僕は詩歌がやりたいな、兄上』

弟の夕賢は、鍠牙に対しても甘ったれだ。

『しょうがないなあ、じゃあ詩歌にしよう』

こうやってだいたい鍠牙は二人の言いなりになるのだった。

『みんな頑張ってる？　休憩にしてお茶にしましょうよ』

勉強が一段落すると、いつも母が茶を持ってくる。

『やあ、ありがとう、夕蓮』

『ううん、私も一緒にいい？』

母はいつだって朗らかに笑っている。

甘ったれの弟も母が来てくれてにこにこ嬉しそうに笑っている。

勉強部屋の中はいつも平和で温かくて……鍠牙は母の淹（い）れた茶を手に取り……

駄目だ――！　それを飲むな――！

自分の姿を真上から見下ろし、鍠牙は叫んだ。

「おい！　起きろ！　戻ってこい！」

低い声に呼ばれて体を揺すられ、鍠牙は目を開いた。

全身に汗をかいていて、体ががたがたと震えている。ひりひりと喉が痛み、自分が絶叫したのだと分かった。

見上げた先にあるのはよく知った天井。裏街の、鍠牙が入り浸っている妓楼の天井だ。震えながら起き上がると、寝台の傍に鍠牙を起こした男が立っている。鍠牙は呆然とその男を見上げた。

「お前……志弩……か？」

確信が持てず、言葉は疑問の形をとる。志弩は鍠牙の昔からの友で、裏街の妓楼を根城にしている男だ。鍠牙と同い年で、十七歳のはず。しかし……志弩によく似た目の前の男は、どう見ても三十を超えていた。

「ああ。そういうお前は、鍠牙か？」

彼も確信を持てないようで、問い返してくる。鍠牙はゆっくりと顎を引いた。

「やっぱりそうか。あの魘され方はお前だと思ったよ。何があったか話してみろ。何でお前、こんなガキの姿になってる」

そう促されて、鍠牙はぽつりぽつりと分かる限りのことを話し始めた。自分の口で言葉にしてゆくと、少しずつ頭の中が整理されて、落ち着いてきた。そして同時に、仄暗い怒りが込み上げてきた。

それは今までの、自分に何が起こっているのか——という苛立ちや激情と違い、なぜ自分がこんな目に——という腹の底を静かに焼いてゆくかのような怒りだった。

話を聞き終えた志弩は、納得するように大きく頷いた。

「なるほどな、よく分かった。で、犯人はどうせあの蠱師のお妃なんだろ？」

「お前、何もよく分かってねーじゃねえか」

鍠牙はじろりと志弩を睨む。志弩はわずかに瞠目し、にやっと笑った。

「懐かしいな、お前がそういう生意気な口の利き方するの」

「おかしいかよ」

分かったようなことを言われて鍠牙はかすかに苛立った。鍠牙からすれば懐かしさも何もない、いつもと同じ自分だ。ただ、数日前の自分が何をしていたのかと聞かれたら、頭に霞がかかったようではっきりとはしないのだが。

「いいや、何もおかしくはねえな」

志弩は鍠牙の苛立ちを感じたのか、軽い調子で受け流した。いつも通りのやり取りに、鍠牙は少し安堵する。志弩は今の鍠牙を見ても、不安そうな顔をしていない。自分が周りに不安な顔をさせる人間であると思わずに済むのは楽だった。

「それで？　結局お前をそんな風にした犯人は誰なんだ？　お前を若返らせて得する人間がどこにいるってんだよ。少年好みの蠱師の通り魔ってわけじゃねえだろう」

「冗談だろ。そんな阿呆が襲ってきたら返り討ちにしてやるよ」

「できるか？」

「できるさ、俺は強いぜ？」

鍠牙はムキになって言い返した。負けず嫌いが顔を出す。しかし志弩は呆れたように苦笑いする。

「そういうことは俺に一度でも勝ってから言え」

「てめえ……だったら試してみるかよ」

鍠牙は寝台から下りる素振りであからさまに挑発したが、自分が志弩に及ばないことは分かっていた。今までの戦績はざっと五百戦全敗。お前の負けず嫌いは異常だと、いつも志弩は笑う。

そこで鍠牙はふと不思議に思い、部屋の中を見回した。

「鸞英は？　彼女は仕事中なのか？」

鸞英というのはこの妓楼で働く妓女の一人で、志弩の幼馴染だ。鍠牙がここに来ると大抵同席して、親切にもてなしてくれる。そして、いつも鍠牙と志弩が喧嘩を始めると、犬の仔をなだめるように止めてくれるのだ。

そんな彼女の姿がない。仕事中なら別にかまわなかったが、志弩の隣に彼女がいないということに、何故か落ち着かない気持ちになったのだ。

ひとしきり辺りを見回し、再び志弩の方を見て鎧牙はぎくりとする。

志弩は今までに見たこともないような顔をしていた。憐れみ……？　後悔……？　憤り……？　その混沌に酷く嫌な予感がした。

「……志弩……鸞英は？」

息もできなくなりそうなほど締まった喉で、鎧牙は声を絞り出すように問うた。

「……死んだよ。もうずっと前に……病でな」

志弩は静かにそう答えた。

鎧牙は凍り付いた。

彼女が……死んだ……？

最後に見た彼女の笑顔をはっきりと覚えている。ここへ来るたび、彼女は鎧牙を優しく慰めてくれた。鎧牙は彼女より優しい人間を見たことがない。

自分がこの人の腹から生まれていたらどんなだっただろうと、そんな想像を幾度もした。その時には志弩が父親なのだろうかとか……そうだったら腹が立つし気味が悪いなとか……そんなくだらないことを……幾度も、幾度も……

その彼女が死んだ……？

「鸞英も……なのか……？」

父が死んだと聞かされた。譲玄が死んだと聞かされた。そのうえ彼女まで……？

「くそ！　くそ！　くそ！　何でなんだよ！」

思わず叫んでいた。悲しみ……ではない。自分の知らない間に大事な人たちがどんどん死んでいる。そのことに喩えようもない怒りが湧いたのだ。

「もう十六年経ってるからだ。お前の知らないことが山ほど起きてる。お前は三十三歳だったし、嫁をもらって子供が生まれて、父親をやってた。周りの顔ぶれだって変わってる。お前は呪われて、本来のお前じゃない姿になってる。そして、鸞英は死んでる」

志弩は感情を荒らげることなく淡々と言葉を重ねた。その落ち着いた様子に、鍠牙は頭の芯を冷やされてゆくような感じがした。

ああ……本当に自分は……若返ってしまったのだ。ここは十七の自分がいるべき場所ではないのだ。そのことを今初めて吐き気がするほど実感した。

蒼白になって黙り込んだ鍠牙の背中を、志弩はばしんと叩いた。その衝撃は昔から変わらないよく知ったもので、鍠牙の意識を現実に引き止めた。

「お前、どうするつもりだ、これから」

どうすると聞かれても、それが分かるくらいならここへ来てはいない。

答えられない鍠牙に、志弩は一つ頷いた。

「分かった。お前、とりあえず落ち着くまでここにいろ」

「……いいのかよ？　俺はお前の知ってる俺じゃないんだろ？」

図らずも頼りない声が出て、鍠牙は自分を少し恥じた。志弩はそれを揶揄（やゆ）するように苦笑した。

「どこから見ても俺が知ってるお前だよ。ここにいな、どうにかなるまで俺が食わせてやるから」

「……うん」

「殊勝すぎて気持ち悪いな。気にすんなよ、今まで通り生意気にしてろ」

また笑われ、鍠牙はふと気になった。この男の頭の中にある鍠牙と、今の自分は果たして同じ人物なのだろうか？　ほんの少し前まで三十三歳だったという自分は……

「……俺は……どういう人間だった？」

「うん？」

「今の俺と、同じだったか？」

志弩は鍠牙の不安を察したのか、少し考える素振りを見せた。

「……そりゃあ……お前はお前だよ。俺の前では昔も今も何も変わらねえさ。だけどな……」

と、一瞬顔を曇らせる。

「十七歳という年齢はあまりよくない。これはお前がバチクソ荒れてた歳じゃねえか。できればさっさと呪いを解いた方がいい」

王宮で呪いを解くべしと言われた時には酷く感情的になった鍠牙だったが、志弩の言葉はするりと胸の中に入ってきた。

「……人を反抗期みたいに言うんじゃねえよ」

「反抗期で済めばいいがな……」

あまり歯切れがよくない。許嫁の明明を亡くしてから、ずっと荒れている鍠牙を志弩はいつも案じている。少なくとも、今の鍠牙が覚えている志弩はそうだ。元の歳に戻った方が、彼は安心して――

「……戻りたくない」

気づくと鍠牙は呟いていた。

志弩は少し驚いた様子で傍に立ち尽くしている。

鍠牙は変な汗が流れるのを感じながら寝台の布団を握りしめた。

「怒りを忘れて……恨みを忘れて……結婚して……のんきに子供を作って……馬鹿みたいに暮らしてる俺になんか……戻ってたまるかよ！」

元に戻る自分を想像してみれば、真っ先にあの女の顔が浮かんだ。鍠牙のことを何でも知っていると嘯く、悍ましい毒と蟲に塗れたあの女……

「十六年後の俺は蠱師なんかと仲良く暮らしてるっていうのか？」

冗談じゃない。そんな自分を今の鍠牙は許せない。どうあっても受け入れられない。

「それは……そうだな、確かにあっさりと受け入れられるもんじゃねえよな。俺もあの人は苦手だ、怖い人だと思うよ。お前が怖がるのも分かる」

「怖いとは思ってねえよ！」

思わずムキになって言い返してしまう。

あんな女は怖くない。ただ、気味が悪いと思うだけだ。怒りで頭がどうにかなりそうなだけだ。

「あんな女と結婚なんてありえねえ……よりによってなんで蠱師なんかと……。毒を扱うような女は一人残らず死ねばいいのに……！」

その言葉が引きずり出したのは別の女の姿だった。頭に浮かんだその女は、玲琳ではない。幼い頃から鍠牙を散々苦しめてきたあの女の姿だった。鍠牙は荒い息をしながら体を震わせる。

気味の悪い、見も知らぬ妻。見覚えのない子供たち。腫れ物に触るかのような女官や側近。彼らを困らせないために、鍠牙は元に戻らなくてはならないというのか……

「鍠牙、お前は信じないかもしれないが……」

志弩がとりなすように口を開いたその時、

「なら、全員殺してしまおうか？」

突然明後日の方向から不吉な声がして、鍠牙と志弩はぎょっとして振り向く。

しっかりと閉じられた窓の前に、見知らぬ一人の男が立っていた。二振りの剣を腰に差した二刀流の剣士。色遣いの鮮やかな異国風の格好をした二十代後半と思しき男で、異様に目つきが悪い。

鍠牙も志弩も呆然と男を見つめた。

いったいいつの間に、どこからここへ入ってきたのか、全く気が付かなかった。どう考えてもただの通りすがりではない。鍠牙は警戒心を込めて男を敵視した。

「お前は誰だ」

鋭く問いただしたのは志弩だった。しかし男は志弩に視線一つ向けることなく、鍠牙だけを見据えていた。

「魁国の王、お前は俺を覚えていないだろうが、俺はお前を知っている」

男は腕組みして淡々と語る。その言葉通り、鍠牙は男を覚えてはいなかった。おそらくこの先の未来で出会うのであろう男にまで自分の異変を察知されているのかと思い、鍠牙の眉間には深いしわが刻まれた。

男は鍠牙の気など知りもせず、平然と恐ろしいことを告げた。

「お前を蠱術で呪ったのは俺だ。懐古の術という」

あまりに唐突すぎて、鍠牙は一瞬ぽかんとした。その術の名は、確かに玲琳が告げた術の名と同じだった。それを認識した瞬間、鍠牙は痛みを伴うほどの激しい動揺に襲われた。

この男が、自分をこんな目に遭わせた犯人――？

鍠牙は寝台から下り、男を睨みつけた。

「その術の名前は聞いている。どういう術かも……。お前は誰だ？　どうして俺にこんな術をかけた？　俺を……どうするつもりだ？」

返答如何によってはこの男を斬ろう……鍠牙は即座に胸中でそう決めた。

男は鍠牙の殺意に気付いているのかいないのか、窓に背を預けて説明を始めた。

「俺の名は骸という。飛国の蠱師一族に仕えていた男だ。少し前、俺は飛国でお前と会っている。俺はお前の妻を殺そうとして――お前は俺を殺そうとして――お互い殺し損ねた。そういう間柄だ」

予想もしていなかった説明に、鍠牙の警戒心は最大級に跳ね上がった。

「お前を殺そうとした俺に復讐しようとしてるのか？　俺を……殺すつもりか？」

「いいや、まさか。殺したいならこんなまどろっこしいことはしない。今すぐお前の胸に剣を突き立てればいい。お前一人を殺すくらいは簡単だ」

「なら、何が目的だ？」

「お前を救ってやりに来た」

骸は真顔でそう答えた。救うという言葉に反して、彼の声にも表情にも優しさはなかった。

「俺を救うだと？　どういう意味だ？　俺を何から救うって？」

皮肉っぽい笑みが鍠牙の口の端に上る。しかし骸は動じなかった。

「蠱師の呪縛から」

だらりと垂れていた鍠牙の指の先が、その言葉を聞いた瞬間びくりとはねた。

何のことだと更に追及するため口を開くが、そこから発せられる空気は音にならず、夜の冷気に凍てついた。

「俺はお前がどういう星のもとに生まれ、どういう運命をたどってきたか知っている。お前ほど呪われた生まれ方をした人間もそうはいないだろう」

鍠牙は立ち尽くしたまま拳を握りしめた。手の平には嫌な汗をかいているのに、その手は奇妙なほど冷たかった。

骸は窓から離れ、ゆっくりと近づいてきた。

「楊鍠牙……俺はお前がどれほど蠱師を憎んでいるか知ってるぞ」

「……お前に何が分かる」

「分かるさ、お前のことはだいたい調べた。お前はこの先十六年経っても、蠱師への憎しみを捨てられない。お前に出会った時からずっと分かっていたんだ。この男は蠱師を憎んでる……ってな。お前は憐れな男だ」

すぐ傍まで来ると、骸は憐れみの言葉を口にした。だというのに……何故か彼の瞳には憐れみや同情の色はかけらも宿っていなかった。

「お前に、俺の、何が分かる」

鍠牙はもう一度、今度はさっきよりも強く無機質に言った。それでも骸は動じることなく、ほんのかすかに笑った。

「分かると言っただろ。お前は、俺が分かると以前言ったな。飛国の王宮で……俺がお前と李玲琳を追いかけた時だ。まあ、お前は覚えていないだろうがな……。その逆だよ、お前に俺が分かるように、俺にはお前のことが分かる。俺とお前は同じだからだ。同じくらい――蠱師を憎んでる」

瞬間、黒々とした瞳に淀(よど)んだ憎悪の色が滲んだ。

「だからお前を若返らせた。十七歳というのは、お前が最も蠱師を憎み、滅ぼしたいと切望していた年齢だ。お前の望みは正しい。蠱師は滅ぼすべき存在だ」

「……お前は蠱師の仲間だったんじゃないのか？」

飛国の蠱師一族に仕えていたという言葉が本当ならば、骸は間違いなく彼らの仲間だったはずだ。

「ああ、確かに仲間だった。家族を殺され、記憶を奪われ、心を壊され、奴隷にされた。そういう仲間だ」

そこで骸は皮肉っぽく口元を笑みの形に歪めた。

「分かるか？　俺は奴らを憎んでる。きっとお前の気持ちを誰より理解できるのは俺だし、俺の気持ちを誰より理解できるのはお前だろう。楊鍠牙——俺と手を組んでこの世から蠱師を一人残らず駆逐しよう」

骸はごく平坦な口調で誘いかけてきた。夕食を共にしようと誘いかけるくらいの軽さだった。あまりに軽くて、軽すぎて……軽くしなければ持て余してしまうほど重たい本気なのだと伝わった。

「……断ったら？」

「俺がお前の首を刎ねて仕舞いだ」

骸は目の前に立ち、軽く剣に手をやる。

「それ以上そいつに近づくな」

志弩がどすの利いた声で言いながら、鍠牙を後ろに追いやった。骸と対峙し、身構える。

骸はそこで初めて志弩を視界に入れた。

「お前のことも知っている。楊鍠牙の手下……だろう？　ここを根城にしてる暗殺者、今は楊鍠牙に仕えてる。諜報(ちょうほう)活動も得意らしいな。楊鍠牙の便利な手足といったところか、それなりの手練(てだ)れなんだろう」

「試してみるか？」

途端、室内の圧が高まったような錯覚を覚える。

鍠牙は思わず全身を緊張させた。腹の立つ事実だが、志弩が強いことは知っている。しかし、鍠牙の覚えている彼とは気迫の質がまるで違っていた。重く、危うく、身動きすらできなくなる。その記憶のずれは鍠牙をまた不快にさせた。

対する骸は剣を抜くことも威嚇することもせず、一歩下がって軽く手を上げた。

「気に障ったなら謝る。悪かった。俺はお前とやり合いたいわけじゃない。お前に剣を向ける理由がない。お前は蠱師じゃなく、ただの人間だ。俺は人と戦ったり争ったりするのが好きなわけじゃないし、人を無暗(むやみ)に傷つけるような暴漢でもない。俺はただ単に、蠱師を皆殺しにしてやりたいだけの男なんだよ。お前が俺を攻撃しない限りお前とは争わない。人を殺したくなんかないんだ。だから――懐の剣を抜くのはやめてくれ。俺にお前を殺させないでくれ」

懐に潜ませている短剣を易々と見抜かれ、志弩の表情は険しさを増した。

鍠牙は静かにその様子を眺め、骸の言葉を頭の中で反芻(はんすう)した。

「蠱師を滅ぼしたいってのは本気か？」

骸はその問いかけに、にいっと笑って答えた。

「ああ、本気だ。手始めに、お前がこの世の何より憎んでいる蠱師を……お前の母親を……殺してやるよ」

その瞬間、愕然としたのは鍠牙ではなかった。

「駄目だ‼」

部屋が震えるほどに怒鳴ったのは志弩だった。

「それは駄目だ！　それだけは駄目だ‼」

真っ蒼になり、何度も叫ぶ。その姿はいささか異様と言えた。

「あの人は鍠牙の母親だぞ！　母親殺しなんかするべきじゃない！」

「母親じゃない。蠱師だ」

骸は無情にも切って捨てる。

「蠱師だろうが何だろうがあの人に手を出すべきじゃない‼」

志弩はなおも怒鳴った。もはや、何かに怯えているようですらあった。

「夕蓮様を殺すだと……？　そんなことは不可能なんだよ！」

「何故そう断言できる？」

骸はさすがにおかしいと思ったようで、そう問いただした。

「あれは本物の化け物だ。人間ごときが太刀打ちできる相手じゃない！」

「蠱師だからか？　それなら何の問題もない。俺に蠱師の毒は効かないんだ。俺なら、お前の母親を殺してやれる」

最後の一言は鍠牙に向けられた。

夕蓮を殺す……その言葉が頭の中をぐにゃぐにゃと歪みながら回る。

「……本当にできるのか？」

「ああ、蠱師ならもう、たくさん殺した。お前の母親一人くらい……」

「分かった。いいぜ、手を組もう」

鍠牙は骸の言葉にかぶせてそう言った。

「鍠牙！　何言ってんだ！」

志弩が咎めるように鍠牙の腕を引いたが、鍠牙はその手を振り払った。骸は満足げに頷いた。

「ああ、俺と一緒に蠱師を……」

「ただし、手を組むには条件がある」

鍠牙はまたしても骸の言葉を遮り、軽く前に手を突き出した。

「条件？　何だ？」

「俺は少し前、夕蓮を殺したいと師に話したことがある」

鍠牙の記憶では本当に数日前のことだ。

「師は俺に、夕蓮のことは自分が何とかすると言った。そして、夕蓮は悪くないんだと何度も言った。だが……師は夕蓮と駆け落ちしたあげく死んだという」

鍠牙とその話をしてすぐ、彼は駆け落ちしたということだ。

「それがどうした？　お前の師も、夕蓮に心酔して現実が見えなくなっていたというだけの話だろう？」

「ああ、そうかもしれない。だが……師は、俺に嘘を教えたことがない。あの人の言葉はいつも正しい。あの人が――夕蓮は悪くないと言ったんだ。その真意を俺は知りたい」

「……知ってどうする？」

「師の言葉が嘘だったなら、夕蓮が滅ぼすべき悪であるなら、俺はお前と手を組もう。蠱師を一人残らず殺してやる」

「……なら、お前の母が悪ではなかったら？」

「お前が俺の首を刎ねて仕舞いだ」

鍠牙はさっきの言葉を真似て返した。

無論冗談ではない。師の言葉が正しいのならば、鍠牙には夕蓮を殺す理由がない。

誘いを断られた骸は、すべからく鍠牙を殺すべきだ。それで終わりだ。

「骸……といったか？　本気で俺と手を組みたいなら、俺の目の前に真実を用意してみせろ。俺が望む、俺が納得できる真実を――。あまり舐（な）めるなよ。俺を救いたいなんて小綺麗（こぎれい）な言葉で飾らず、俺を利用したいと思うなら、まずお前が俺に差し出せ。俺が望むものを差し出すなら、俺もお前に利用されてやる」

脅すように断言する鍠牙に、骸は言葉を失った。室内に異様な沈黙が降りる。

その時、急に窓の外でケエエエンと奇妙な鳴き声がした。骸がはっとして窓に駆け寄り、開くと、そこには大きな黄金の鳥が羽ばたいていた。

「葎（りつ）、どうした？」

骸が手を伸ばすと同時に、鳥を押しのけ窓から人影が飛び込んでくる。一同がぎょっとする中、その人影は鍠牙に飛びかかってきた。

突然体当たりされて鍠牙はあっけなくひっくり返る。腹にどすんと重みがかかる。

「鍠牙！」

名を呼ぶのは少年の声。見上げると、鍠牙の腹の上に見知らぬ少年が跨（また）がっていた。

鍠牙より少し年下だろう、驚くほど整った顔立ちの美少年である。

「由蟻!?」

驚愕（きょうがく）の声で骸が少年の名を呼んだ。由蟻と呼ばれた少年は、呼び声を無視して鍠牙を見下ろし、ふてくされた顔をしている。

「あんた鍠牙だろ？　そうだろ？　見た目が変わったって分かるよ！　なんで俺を置いてったんだよ！　俺を拾ったのあんただろ？　置いてくなよ！」

由蟻は文句を言いながら鍠牙の胸ぐらをつかんでぶんぶんと揺すった。

「ってか、何でここに骸がいるんだよ！　あ、そうだ、お前さあ、一族を皆殺しにしたってほんと？　お前最低だよな！　あと、そこのお前！　お前誰だよ！　なんで鍠牙はお前の所に逃げてきたんだ？　お前鍠牙の何なんだよ！　なあ、鍠牙！　なんで俺を置いてったの？」

わめく由蟻に鍠牙は混乱した。こいつはいったい誰だ？　覚えていない。覚えていないということは、これから先の未来で出会う誰かなのだ。いいかげんうんざりしてくる。これ以上、覚えていないことに失望される顔を見るのはごめんだった。

黙れ、さっさと離れろ、今すぐ消えてしまえ！　そんな言葉が喉元までせりあがってくる。

しかし鍠牙がそれを吐き出す前に、周りの方が動き出した。

骸が由蟻の腕をつかもうと手を伸ばす。

「由蟻！　お前、何しに来た！」

「怒鳴るなよ！　骸！　うるせーな！」

「お前の方がうるさいだろ！」

「おい、お前ら、あんまり騒ぐと……」

「うるさいよ!!　あんたたち!!」

志弩がたしなめようとしたその時、部屋の扉が壊れるほどの勢いで開き、恐ろしい顔をした年嵩の女将(おかみ)が顔を覗かせた。

あまりの大声と気迫に、その場の全員がびくりと飛び上がる。

「お客の興が削がれちまうだろ！　静かにしな！」

「わ、悪かった」

志弩が即座に謝ると、女将は室内を一瞥(いちべつ)し、ふんと鼻を鳴らした。

「志弩、あんたが何しようとあたしは何も言わないし、何も知らないけどね、商売の邪魔するなら出てってもらうからね」

「分かってるよ」

「分かってんなら静かにしな。あとね、客が来てんなら酒くらい出しておやりよ」

そう言って、女将は扉を閉めた。

「やれやれ……これ以上騒ぐなら、外で……」

志弩はそう言いかけて、騒ぎの元である由蛾を見下ろし、驚いて言葉を切った。

由蛾は鍠牙の腹の上で頭を抱え、がたがたと震えていた。喉の奥から引きつった音を吐き出している。恐怖を音に変えて、何度も何度も……

「おい、大丈夫か？」

志弩が心配そうに尋ねるが、由蟻の震えは止まらない。

「少し放っておいてやれ」

冷たく言ったのは骸だった。

「俺たちは女に殴られて育った生き物だ。だから仕方がない」

その言葉に志弩はそれ以上何も言えなくなってしまった。

しんと静まり返った部屋の中、由蟻のかすかな声だけが響く。

彼に押し倒されていた鍠牙は、そこでようやく起き上がった。ずり落ちた由蟻は鍠牙の膝の上に乗ったまままずっと震え続けている。

自分の異常をまざまざと突き付けてくる不愉快な五月蠅い小僧。今すぐ消えてしまえばいいのにと思いながら、何故か鍠牙は少年の背に手を当てていた。

由蟻はその感触にひときわ大きく震えた。

この少年も蠱師の被害者なのか……。手に響く震えがそのことを伝えてきた。

ふと、弟のことを思い出す。

弟が生きていたら……きっとこのくらいだった。十七歳の鍠牙にとっては……

あの子が死んでいなければ……そうしたら、自分は今の自分ではなかったはずだ。

毒に苦しんで息絶えた弟の姿を思い出す。

あんなことさえなければ……

いや、違う。そうではない。たとえあの時に戻れたとしても、鍠牙は弟に毒を飲ませただろう。きっとそうしていただろう。

弟に毒を飲ませたのは鍠牙だった。鍠牙が自分の意志でやったのだ。

ああ……だから自分は壊れたのだ。

鍠牙は震える由蟻の背を撫でてやる。

そうしていると、次第に由蟻の震えは止まってきた。

鍠牙は固唾をのんで見守っている志弩と骸に向かって顔を上げた。

「……蠱師を殺そう。あんなものは、この世に一匹だっていていいはずがない。だから骸、俺の前に夕蓮が悪である証拠を差し出してくれ。俺が心置きなく蠱師を滅ぼせるようにな」

すると骸が驚いたような顔をしたので、自分は今どんな顔をしているのかなと鍠牙は思った。

志弩の方は、青ざめた顔で苦渋の表情を浮かべている。

鍠牙の頭はすっきりしていて、きっと彼らよりは晴れ晴れとした顔をしているに違いないと確信していた。

「……あの男はどこまで馬鹿になれば気が済むの？」

それを知った時、玲琳が最初に発した言葉だった。

王が突如王宮から姿を消した。

最初に気付いたのは里里だった。そのことはたちまち玲琳に伝えられ、そこから側近の利汪へと伝わり、鍠牙が若返る呪いを受けたことを知る者だけに教えられて、それ以上は話が広まらぬよう緘口令が布かれた。

すなわち、玲琳、利汪、双子の護衛である雷真と風刃、双子のお付き女官である秋茗、そして鍠牙が若返った姿を目撃した女官たち。真実を知るのは彼らだけだ。

王は体調を崩して臥せっていると公には伝えられ、蠱師であり主治医でもある玲琳によって、誰も部屋に入らぬよう厳命された。

特に子供たちには、決して本当のことを伝えてはならないというのが真実を知る者たちの総意であり、ことさら異変を悟られぬよう気を配らねばならなかった。

そんな中、彼らは王の行方を捜そうと、玲琳の部屋へ集まってきた。

「あの愚か者の居所を突き止めるのは簡単なことよ」

彼らに向かって玲琳は言った。そして己のこめかみに人差し指を当てる。

「鍠牙の中には私の仕込んだ蟲がいる。それがある限り、どこへ逃げようとまばたきする間に見つけられる」

余裕の笑みを浮かべてみせる玲琳に、利汪をはじめとする一同はほっと肩を撫でおろした。

「じゃあ、玲琳様！　今すぐ陛下の居所を突き止めてくださいよ。俺とこいつで迎えに行きますから」

炎玲の護衛役である風刃が、隣に立つ火琳の護衛役の雷真に親指を向けながら言う。その雑な仕草に、風刃といがみ合ってばかりの雷真はいささか不愉快そうな顔をしたものの、異論はないらしく文句は言わない。

確かに、彼らであれば鍠牙を連れ帰ることは可能だろう。しかし――

「鍠牙は自分の意志でここを出ていったのよ。あの男がここへ帰ってくることを拒んだら、お前たちはどうするつもり？　力ずくで連れ戻す？　そうね、お前たちなら可能でしょう。鍠牙はお前たちに敵わないでしょう。けれど、あの愚か者はそれを易々と受け入れるかしら？　やけになって、無理やり連れ帰られるくらいなら……と、愚かなことを考えたりはしないかしら？　あの男はね、お前たちが思っているより六千百七十二倍は愚かよ」

玲琳が妥当な数字をぶつけると、二人はたちまち深刻な面持ちで口を閉ざした。そして、一瞬互いに目を見交わし、忌々しげにぷいと顔をそむける。

以前ならば、陛下はそのようなことをする人ではないと言い返したであろう彼らだが、どうも近頃その信頼は揺らいでいるように思える。

鍠牙が真っ当で正常な王であるなどという幻想を抱いているのは、彼の内側を知らぬ臣下たちだけだ。

雷真と風刃は、鍠牙の身の内に潜むものに薄々気が付いている。

そして長年仕えた利汪も、もちろん鍠牙がいかなる男か知らないはずはないだろう。

取り乱して王宮から逃げ出した鍠牙がどのような行動をとるか……少し想像してみれば、迂闊なことはできないと分かる。

「ならば、お妃様はどうなさるおつもりですか？」

この中で一番年長の利汪が神妙な面持ちで聞いてくる。

「そうね……とりあえず鍠牙がどこで何をしているのか把握しておきましょう」

玲琳は軽く腕を上げて袖口から一匹の蝶を出した。

「この子に捜してもらうわ。さあ……あなたの友を……きょうだいを……捜してあげなさい……その宿主に食らいついて毒を注いで、全てを私に伝えて……」

窓を開け放つと、蝶は迷いなく冬の空へ飛び立った。たちまち冷気が忍び込み、寒いのが苦手な玲琳は身震いする。

玲琳の使役する蠱は、全て繋がっている。蝶は鍠牙の中に潜む毒蜘蛛をたちまち見つけ出すことができるだろう。後は知らせを待てばいい。

それにしても……本当に誰が何の目的で鍠牙に懐古の術をかけたのだろう？

玲琳は改めて考えた。

あの術を使う者が、鍠牙を攻撃する意味が分からない。自分の知らないところで、いったい何が起きているのか……

それを知るためにも、とにかくまずは鍠牙の現状を把握することだ。

彼を捕捉し、心を開かせ、協力を仰ぎ、解蠱するためにその体を調べる。

しかしそれはあくまで、鍠牙の気持ちを逆撫でしないように行わなければならないのだ。一つしくじれば、今の鍠牙はあっさりと己の命を手放してしまうかもしれない。

あるいは、もっとよからぬことを考えるやも……

今の鍠牙に何ができるとも思えないが、どうにも嫌な予感がする。

頭にこびりついているのは紅玉の予言だ。目を離すなとわざわざ予言したからには、この程度で終わるとは思えない。ならば何が起こるのか……

玲琳と子供たちという枷を失ってしまった今の鍠牙が何をするか、玲琳には想像もつかなかった。

あの若く未熟な毒に満ち満ちた、愚かで済度し難い男が、この先何を……

「お妃様、何を笑っていらっしゃるのですか！」

厳しく咎められ、玲琳ははっと意識を現実に向ける。

利汪が狐のような目を更に尖らせて玲琳を睨んでいた。

「ああ、悪かったわね。ただ、困ったことになったと思っていただけなのよ。人というのは本当に、こちらの思惑通りには動いてくれないものだわ」

「困っている人間が笑うとは思えませんな」

「そう？　困ることの何一つない思惑通りの人生など、究極的に退屈で孤独でしょうよ。私はこれでも化け物とは違う真っ当な人間で、困ることを知っている。己が豊かであることを喜ぶのは人としてあるべき姿だわ」

「……意味が分かりませんが」

もはや利汪は理解することを諦めたと言いたげにげんなりと肩を落としている。

「分からずとも結構。人が化け物を理解できるはずはないのだから。とにかく私の蟲が戻るのを待ちましょう」

そう……所詮人たる玲琳に、あの女の本質を完全に理解することはできないのだ。

「鍠牙、これも食いな」

志弩が鍠牙に果物の皿を押し付けてくる。

妓楼の一室に、色鮮やかな敷布に直接皿を並べるという異国風の食事風景が広がっていた。鍠牙と志弩と骸は、胡坐（あぐら）をかいて食べ物を囲んでいる。

「お前、昨日からあんまり食ってないんだろ。食べるのが嫌いなのは分かるけどな、食わないと持たねえよ」

志弩はそこに並ぶ皿をどんどん鍠牙の方へ寄せてきた。

「……俺は十六年経っても食べるのが嫌いなままなんだな」

鍠牙は呟きながら果物をつまんで口に入れた。食事をする時、いつも喉がぐっと締まって食物を受け付けない感覚がある。口に入れたこの食べ物に、毒が入っていないことを確かめるすべを鍠牙は持っていない。

それが何年たっても変わっていないのかと思ったが、しかし志弩は首を振った。

「いや、今のお前は普通に食ってるよ。安心しな」

とは言われても、余計不快になっただけで安心感はなかった。その感情を呼吸に乗せて逃がし、美味（おい）しいとも不味（まず）いとも感じない食べ物をもくもくと咀嚼（そしゃく）してゆく。

ふと前を見ると、胡坐をかいた骸がぐびぐびと酒をあおっていた。

「酒を飲むんだな、酔えるのか？」

そう聞いたのは志弩だった。鍠牙はその問いの意味が分からなかったが、骸は少し面白そうな顔になった。

「へえ……お前、蠱師と酒を飲んだことがあるのか。確かに蠱師は酒に酔わない。俺は蠱師じゃないが、まあほとんど酔わないな。単純に味が好きなんだ」

と、また杯を乾す。

鍠牙もそれを真似て膝元の杯に口をつけた。液体は食物を口に入れるより苦手だが、何となく酔ってしまいたい気がした。

「やめとけお前、たいして好きでもないくせに」

志弩が呆れたように鍠牙の手から杯を奪った。そこで、

「あのさあ、俺まだあんたのこと許してないんだけど？」

突然背後から不満そうな声が飛び込んできた。

鍠牙はちらと首を後ろへ向ける。黒い頭がひょっこりと見えた。

鍠牙を追いかけてきた由蟻という少年が、鍠牙の背中に背を預けてふてくされたように座り込んでいるのだった。この少年がどういう事情でこんなにも鍠牙にべったり懐いてくるのか分からなかったが、弟を思い出してしまいどうにも拒絶できない。

「悪かったな」

鍠牙がそう声をかけると、由蟻はどしんと鍠牙の背中に体重をかけた。行為で文句を伝えているかのようだ。

「俺にもくれよ、それ。美味そう」

由蟻はぐるりと姿勢を変えて鍠牙の背中にのしかかり、肩に顎を乗せて皿の上の果物を指す。

鍠牙は一瞬ぎくりとし、躊躇い、しかし果物をつまんで肩口の少年に差し出してやった。由蟻はばくんとそれにかぶりつき、美味そうにもぐもぐやって飲み込んだ。特に何の異変もなくもう一度口を開けてくるのを見て少しほっとする。自分が馬鹿げたことを案じているのは分かっていた。毒なんか、入っているわけがない。

そんな鍠牙と由蟻を見て、骸は膝に頬杖を突き薄く笑った。

「さてと……楊鍠牙、これからの話をしよう」

穏やかなのに、ぞっとするような響きがあった。

「俺がお前の望むものを差し出したあかつきには、お前は俺と手を組んでこの世の蠱師を滅ぼす。異論ないか？」

「ああ、ないな」

腹が膨れて満たされたからといって、胸の空洞が埋まるわけではない。その空洞には毒がみっしりと詰まっていて、幸福感が忍び込む隙はないのだ。

「よし、それなら具体的な話だ」

骸はそう言うと酒を注いだ杯を乾した。

「お前は母親が悪である証拠を示せというんだな？」

「ああ。師の言葉が本当なのか嘘なのか知りたい」

いや──違う。内心は、嘘であってくれと願っているのだ。

どうかどうか、あの言葉が嘘であってほしい。夕蓮という女が、殺すに値する悪であってほしい。あの女を殺す正当な理由を、与えてほしいのだ。鍠牙を今の鍠牙にした……鍠牙が弟を殺す原因を作り出した……鍠牙の許嫁を殺した……あの美しい化け物を殺す理由を与えてくれ──！

「だが、お前の師はもう死んでるんだろう？　死者の真意をどうやって突き止めろというんだ？」

骸は冷静に聞きながら、再び杯をあおる。

「少し考えれば分かることだろ。師が死んだ今、真実を知ってるのは夕蓮一人だ。師がどういう意味で夕蓮を庇（かば）ったのか、何故夕蓮と駆け落ちして死んだのか、知っているのはあの女一人だ。骸、お前が蠱師を恐れないというなら、夕蓮から真実を引き出してみせろよ」

鍠牙は嘲るように言う。

「なるほどな……真実を知る者から吐かせればいいのか？　一番簡単な方法はずいぶん手荒なものになる。それはお前にとって是か？」

「好きにしろ」

酷薄な答えに罪悪感はなかった。自分が味わった痛みの億分の一でも味わってみればいい……そんな思いが胸を汚す。

「分かった。俺がお前に真実を差し出してやる。お前の母が悪だと分かったその時には、俺がお前の母を殺してやる。そこで初めて俺たちは共犯者だ。俺はお前に武力を貸す。お前は俺に財力と兵力を貸す。一緒に蠱師を滅ぼそう」

「ああ、一人残らずな」

「ああ、やってやろう、憎しみを晴らすために。蠱師さえいなければ……俺たちがこんな思いをすることはなかった」

ふと、この男はどこまで自分のことを知っているのか……どうやってそれを知ったのか……そんな疑問が生じたが、目的の前には些事だと思えた。

蠱師を殺すのだ。一人残らず。そのために、どうかあの女が悪であってほしい……

鍠牙が胸中で暗い殺意を呟いていると、突然ぐいぐい袖を引かれた。

「なあ鍠牙！　蠱師を殺すのか!?」

振り向けば、びっくり顔の由蟻が間近で鍠牙を凝視している。

「ああ、蠱師は滅ぼすべきものだと分かればな」

「へぇー！」

由蟻はますます目を大きく見開き、美少年の顔が間抜けに崩れる。そして、目を輝かせると拳を大きく宙に突き上げた。

「じゃあ、俺が手伝ってやるよ！　がんばって一緒に殺そうぜ！」

「はあ？」

突然の申し出に鍠牙は面食らう。自分が非人道的なことを言っているのは分かっていた。だからこの殺意を誰かに受け入れてほしいとは思っていなかった。それなのに、この少年はあっけらかんと乗っかってきたのである。

「……お前も蟲師に恨みがあるのか？」

彼が何者かは知らないが、骸と顔見知りならば蟲師とも関わりがあるのだろう。そう思って問いかけたが、由蟻はきょとんと首を傾げた。

「恨み？　あの人たちが俺を殴るのは、俺が馬鹿で弱くて無能だからだ。だから俺が悪いんだ。なのに恨むなんて変だろ？」

少し年下の少年は、あどけない表情で歪んだ言葉を吐き出す。そのあまりの無垢(むく)に戦慄する。

「……なら、何でお前は蟲師を殺すのに手を貸すんだよ」

「だって、鍠牙は俺を拾ったじゃんか。あんたが一緒に来いって言ったんだ。だから俺は、あんたがやりたいことなら何でも手伝うんだよ。鍠牙は蟲師を殺したいんだろ？　だったらやろうぜ！　一緒に蠱師を殺そうぜ！」

親友と虫取りにでも行くかのような明るさで由蟻はもう一度言った。

ああそうか……これも蠱師のせいなのだ。奴らがいるから、こんな少年が出来上がってしまったのだ。

「そうだな、その時には一緒にやろう」

鍠牙は小さく笑みを浮かべてそう答える。目を覚ましてから、初めて見せた笑顔だった。

「彼女のことはどうするつもりだ？」

ずっと難しい顔をしていた志弩が硬い声で問いかけてきた。

一同の視線がそちらを向く。

「お前の嫁だ。あのお妃だ。あの女は蠱師の長になる女なんだろう？　彼女のことも殺すってのか？」

「……蠱師は滅ぼすべきものだと分かればそうなるだろうな」

最後に見た玲琳の姿が頭に浮かぶ。そこに甘い感情は伴わず、怒りや嫌悪だけが付き従っていた。

「それは駄目だ、鍠牙。あの嫁を殺したりしたらお前は絶対に後悔する。帰りたくなけりゃ好きなだけここにいればいいから、馬鹿なことは考えんな」

真摯に言われ、鍠牙は何かふと裏切られたような錯覚に陥った。

どうしてこの男はこんなにも、鍠牙のやることに反対するのだろう……

「志弩、お前は俺が夕蓮に何をされてきたか……どれだけ夕蓮を殺したいか……全部知ってるはずだ」

鍠牙は嫁のことを無視して母のことだけを口にした。

「ああ、知ってるさ。俺が一番分かってる。だけど、無理なものは無理なんだ。この世にはできることとできないことがあるんだよ。俺たちに夕蓮様は殺せない」

志弩も玲琳ではなく夕蓮のことを口にした。どうやら彼が拘（こだわ）っているのは、やはり玲琳より夕蓮殺害のことらしかった。

必死に訴える志弩に、骸が侮蔑的な目を向ける。

「お前が何を恐れてるのかは知らないが、蠱師一人殺すなんて大したことじゃない。どんな女だろうと、所詮ただの蠱師だろう？　俺は長年毒を飲まされて、毒の耐性をつけられた人間だ。蠱師の毒は効かない」

「てめえはあの人を知らねえだろ!!」

志弩は突然激して床を叩いた。かなりの大声だったが、すぐ近くにいた由蟻は少し驚いただけで別段怯えはしなかった。

「毒の耐性？　そんなもん、何の役にも立たねえよ。お前がどれほどの剣士だろうが、どれほど毒に慣れてようが、何の意味もない。お前は本物の化け物がどんなもんか知らないのさ。あの人を殺すだと？　できるなら俺がとっくにやってたさ！　十六年前のあの夜にな！　だがな……無理なんだよ！　あの人に手を出せば大変なことになる。あんなことは二度と繰り返しちゃならねえんだよ！」

「志弩、何の話だ？」

鍠牙は思わず問いただしていた。

十六年前のあの夜……？

志弩は苦い顔で俯（うつむ）いた。しばしそのまま黙り込み、意を決したように顔を上げる。

「十六年前の冬の夜、お前は俺を訪ねてここに来た」

「……覚えてない」

「そうだろうな。あの夜お前は腕に怪我をした。その痕が残ってないんだから、あの夜より前まで若返ってるんだろう」

志弩は自分の手首を指してみせた。鍠牙はつられて自分の手首を見るが、そこに傷痕はない。

「お前は俺に、夕蓮様がお師様と駆け落ちしたと言った」

志弩の言葉に、鍠牙はぎくりとした。玲琳が……あの薄気味悪い蠱師が鍠牙に話して聞かせたことが本当だったのだと改めて思い、ぞっとする。

「だから夕蓮様を殺すのを手伝ってくれと……お師様でもダメだったなら、自分がやるしかないんだと……お前は言った。だから俺は、お前の依頼を受けた。俺はお前の依頼なら断れないからな」

言ってはならない秘密を明かそうとしているのか、志弩の顔は青かった。

「あの夜は雪が降ってた。俺とお前は駆け落ちした二人を追って……都の外れでようやく追いついて……けれど、あの人を殺すことはできなかった」

そこでぶるっと震える。

「夕蓮様を殺すことは誰にもできない。あの人には絶対に手を出しちゃならねえんだよ。そんなことをしたら…………大変なことが起きる」

鍠牙は呆然とその話を受け止めた。

「志弩、お前まさか……」

「ああ、俺はお前が知りたがってることを全部知ってる。お前のお師様があの夜どうして死んだのかも、夕蓮様が悪なのかどうかもな。俺は全部見てたし、一つ残らず覚えてる。何もかも全部知ってて、それでもやめろと俺は言ってんだ」

苦々しげに、しかしはっきりと志弩は言った。

「志弩……お前がそこまであの女を恐れるような出来事が、十六年前にあったってのか？　教えてくれ、何があった」

鍠牙は志弩の態度が信じられなかった。こいつはどんな時でも威勢がよく自信家で、女一人をこんな風に恐れるような奴じゃなかった。なのに今、こいつはか弱い小犬みたいに夕蓮一人を恐れている。この男にそうさせる何があったというのか……

「お前が知るべきことじゃない」

「俺に隠し事をするのかよ」

「お前が知らない俺なんて数えきれないほどあるさ」

そう言われてカチンとくる。身分や立場の違いで距離を置かれたようにも感じたし、十六年の隔たりを突き付けられたようにも感じた。

その時、骸が立ち上がって剣を抜いた。それを無造作に志弩の鼻先へと突きつける。

「つまり、わざわざ夕蓮から聞き出さなくとも、お前から聞き出せば今すぐ全ての真実が分かるということだな」

「そうだな……だが、俺は言わねえよ」

「言いたくなるようにしてやるよ」

しかし剣を突き付けられた志弩は皮肉っぽく笑った。

「どうやって？　指を落とすか？　腕を斬るか？　足を砕くか？　死ぬまで拷問でもしてみるか？　なあ、てめえ……俺が死ぬのを恐れると思うのか？　そんなもんが怖いわけねえだろ？　鸞英が死んだのに、なんで俺が死ぬのを恐れると思うんだ？」

途端、骸は鋭く目を細めた。何故か、怒っているように見えた。

「鸞英……女の名だな。お前の女は死んだのか？　楊鍠牙の許嫁も殺されたな。俺の……許嫁だった女の子も殺されたよ」

唐突にくっくと笑いだす。

「ここにいる男は全員女を守れず死なせたのか。役立たずの集まりか」

自嘲的な笑い声が部屋に響き、空気が重く淀んでゆく。

「え？　俺、別に恋人とか許嫁とかいないから、誰も死なせてないけど？　俺は役立たずじゃなくない？　まあ、あんたらは役立たずかもしれないけどさー」

愛らしい美少年の軽やかな声が、男たちのどてっぱらを無神経に突き刺した。

「おい、お前は少し優しさというものを身につけろよ」

骸が近くに座っている由蟻の足を蹴り、剣を納めた。じろりと志弩を一瞥する。

「まあ、お前から聞き出すのは骨が折れそうだ、やめておこう。その代わり、俺たちを止められるとも思うなよ」

静かに重く告げる。

「俺は必ずこの世から蠱師を滅ぼしてみせる。そうすれば、俺は元の俺に戻れるかもしれないんだ」

「お前にどんな事情があるかは知らないが……手を貸してほしければ、約束通り夕蓮が悪だと……蠱師は滅ぼすべきものだと……そう確信できる証拠を持ってこい」

そうすれば手を組む――と、鍠牙は言外に告げる。

「なあなあ、俺のこと無視するなよ！　俺も一緒にやるって言ってるだろ。がんばるからさ、俺たちで蠱師を全滅させような！」

由蟻が無邪気に騒ぐ。

「ああ、夕蓮が正真正銘の悪だったらな」

「っ……鍠牙!!」

たまらなくなったように志弩が叫んだ。

「そんな昔のこと今更知ってどうする！」

「俺にとっては今の出来事なんだよ！　俺の知らない俺を見るんじゃねえ！」

怒鳴り返した鍠牙に、志弩は返す言葉を失った。

鍠牙は荒く呼吸しながら志弩を睨み、そこでふと部屋の端に注意をひかれた。閉じているはずの窓からひらひらと舞い込んできた一匹の蝶。吹雪の夜にはあまりにふさわしくなく、幻想めいていて、鍠牙は自分が幻を見ているのかと疑った。しかし蝶は確かな現実の中を飛びながら、鍠牙の方へと近づいてきた。

「楊鍠牙！　避けろ！」

骸がとっさに叫んだ。しかし鍠牙はぼんやりとしてしまい、避けるどころか引き寄せられるように手を差し出してしまった。

蝶はその指先にとまり、くるりと巻いた口を鋭く伸ばして鍠牙の皮膚に突き立てた。激痛が走り、鍠牙は腕を振って蝶を払いながらその場へ蹲った。体を丸め、全身に走る痛みを堪える。

「李玲琳の蟲だ！」

骸が立ち上がって蝶を斬ろうとすると、蝶は怯えたように一目散に窓の外へと消えてゆく。

「お前の嫁がお前を攻撃してきたようだな」

苦々しげにつぶやく骸を見上げ、鍠牙は苦痛の吐息を漏らす。

「何の……ために……」

「さあ……勝手に逃げ出したお前に罰を与えたのかもな」

罰――その言葉に鍠牙は蹲ったまま拳を握りしめた。

毒の痛みには慣れている。毎晩毎晩こうして痛めつけられていたのだ。誰にも知られないよう、ひた隠しにして……

こんなものには慣れている。蟲師がどれほど悍ましいものか、鍠牙はよく知っているのだ。こんな痛みは何でもないものなのだ。

「くそ……蟲師なんてろくでもない奴ばかりだ。この痛みから逃れられるなら、一人残らず殺してやるよ……！」

　そう吐き捨て、鎧牙は痛みに気を失った。


　吹雪の夜を舞い、蝶は玲琳のもとへと戻ってきた。

「お帰りなさい、さあ……私に伝えてちょうだい」

　自室の窓から手を伸ばして蝶を迎えた玲琳は、手の平でそっと蝶を包み込む。手を開くと、蝶は砂のようにさらさらと崩れて消え、玲琳はその砂を丁寧に口へ運ぶと一粒残らず飲み干した。

　玲琳は目を閉じて、蟲がもたらした情報に意識を傾ける。しばし彫像のように佇み、そしてゆっくりと目を開くと、きつく眉を寄せる。

「嘘でしょう？　あれが犯人……？」

　玲琳は酷く困惑して考え込んだ。そんなはずはない、そんなことはありえない。これは何かの間違いだ。混乱した頭で否定してみるが、蟲のもたらした情報は紛れもない事実なのである。

「何てことなの……」

　これはさすがに想定外だ。犯人の正体もそうだし、何よりそこでなされたやり取りが――鍠牙が出した結論が――玲琳にとっては驚天動地であった。

「お妃様、陛下の居場所は分かったのですか？」

神妙な面持ちで部屋の端に控えていた利汪が聞いてくる。隣には雷真と風刃も侍っており、真剣な顔で玲琳の返答を待っている。

夜も更けた王妃の部屋に男ばかりが集っているというのも不埒な話ではあったが、彼らが玲琳によからぬことをするなどと疑う者は今やこの後宮に一人もおらず、おかしな信頼感をもって受け入れられているのだった。

この後宮において王妃の部屋に入ることを許されない男は、その夫たる楊鍠牙ただ一人であった。

「鍠牙は裏街にいるようよ」

玲琳が告げると、利汪は一度大きく目を見開き、深々と息を吐いた。

「やはりそうでしたか……」

「想像がついていた？」

「……陛下が……鍠牙様が逃げ込む場所があるとしたら、あの男のもと以外ありえないとは思っていました」

あの男――それは裏街の妓楼に住み着く暗殺者、志弩のことに違いない。玲琳も幾度か顔を合わせたことがある。どうやら利汪も知っているようだ。

「あの男って誰ですか？」

風刃が怪訝な顔で口を挟む。

「裏街には陛下の友人がいるのだ」

利汪の説明を聞き、風刃は数拍思案して目を剝いた。

「まさか……志弩!?」

叫んだ風刃に利汪は無言で頷く。志弩は風刃の幼馴染であり、兄のような存在だと聞いたことがある。そんな男の存在に、風刃はわなわなと震えだした。

「な、な、な……何やってんだ志弩……あのアホンダラァ!!」

ぐわっと牙を剝いて吠える。

「落ち着きなさい。志弩が何かしたわけではないわ。鍠牙が自分の意志で訪ねていったのでしょうから」

「だとしてもすぐここへ知らせてこいやぁ！」

風刃はダンと足を踏み鳴らす。

「もう一つ言うと、由蟻もやはり鍠牙と一緒にいるようよ。ついて行ったのね」

「ああん!?　あいつもか！　ぶち殺すぞ、あのガキャあ！」

もはや怒鳴りすぎて頭の血管が切れそうなほどだ。

「それでお妃様、犯人とはいったい何者なのですか？」

耳聡く玲琳の言葉を聞いていた雷真が静かに問いかけてきた。

「骸よ。覚えているかしら？　飛国の蠱師一族を滅ぼした毒の効かないあの男だわ」

たちまち男たちは絶句した。驚愕の表情を張り付けたまま凍り付いている。

少し前、鍠牙があの男のせいでどれほど痛い目にあったか、忘れている者はいないだろう。そんな敵が、今鍠牙にまた新たな攻撃を仕掛けてきたのだ。気軽に受け入れられるようなものではない。

「陛下は!?　何か危害を加えられてはいないのですか!?」

利汪が真っ青な顔で詰め寄ってきた。玲琳はゆっくりと首を振る。

「いいえ、危害を加えられるよりよほど悪い流れになっているようね」

苦々しく笑う。

「鍠牙は骸と手を組んで蠱師を滅ぼそうとしているわ」

その言葉に男たちはまた絶句した。そこに込められた感情はさっきといささか違っているように思える。

「お前たちの気持ちはよく分かるわ。そうね、あの男はお前たちが思っている一万二千九百三十三倍馬鹿なのよ」

玲琳は彼らの胸中を覗き込んでそう言った。

「い、いえ……そのようなことは思っていませんが……」

利汪はそう絞り出す。まったく健気なことだと玲琳は思う。

「蟲師を滅ぼすということはつまり、ええと……お妃様のことも？」

「どうやらそのようね」

「はあ!?」「何ということだ……」「……ありえない」

男たちは三者三様に声を上げた。

彼らの驚きはもっともだ。これはまずい。非常にまずい事態だ。さすがの玲琳も胸中で冷や汗をかいた。

鍠牙が本気で蟲師を滅ぼそうとしていたら……？　あの男ならきっとやるだろう。どんな手を使ってでもやるだろう。これは本当に……本当に面倒なことになった。

「泣き言を言っても仕方がないわ。あの男の暴走を止める算段をしましょう」

玲琳は覚悟を決め、軽く腰に手を当てて宣言した。

男たちも、それで少し冷静さを取り戻したらしい。

「兵を差し向けて陛下を捕らえて連れ戻す……という作戦では？」

「いいえ、鍠牙はそれを受け入れないでしょう。あの男は今、私たちに敵対しているのだから。何よりこんなくだらないことで兵を死なせるわけにはいかないわ」

骸から鍠牙を奪い返そうとすれば、多くの死者が出るだろう。骸を始末することができたとしても、犠牲が多すぎる。そんな状況を見れば、鍠牙はますますこちらに敵対することだろう。鍠牙を取り返すのならば、骸に気付かれぬよう忍んで事をなさねばならないのだ。

「……そうね、私が直接侵入して解蠱すればいいのではないかしら？」

「それしかないのですか？」

「それが最も早く簡単だと思うわ」

「ならば……仕方がありませんな。我々も全力でお手伝いいたします。陛下を蝕む懐古の術とやら、解くには様々な材料が必要なのでは？　陛下自身のお体がこの場にない状況では、解毒方法を探るのも大変なのではないですか？」

腹を括った利汪がてきぱきと尋ねてくるが、玲琳は軽く首を振ってそれに応えた。

「いいえ、私はあの術を知っているから、さほど調べずとも解蠱薬を作ることができるわ。少しばかり部屋にこもるから、一人にしてちょうだい。子供たちのことはよろしく頼んだわよ」

「承知しました」

三人の男たちは恭しく頭を下げ、部屋を出ていった。先行きが見通せたことで、彼らの表情は格段に明るくなっていた。

しかし、ことはそう簡単ではない。

一人になった玲琳は、書棚から古い書物を取り出す。床に座り込み、その書物をめくる。

そこには間違いなく懐古の術のことが記されていた。

玲琳は険しい目つきでその文字を追い、呟く。

「おかしいわ……何故あの男がこの術を使えるの？」

骸は毒の耐性がある剣士であって、蠱師ではない。なのに何故、この術を使うことができたのだろうか？

彼の傍には蠱術によって生み出された呪詛の鳥、鶏蠱がいる。大量の血を啜ったあの鳥がいれば、恐ろしい蠱術を使うことができる。

だが、懐古の術を使えるはずはないのだ。しかし確かに骸は懐古の術を使っている。

これはいったいどういうことなのか？　だってあの術は……

考えて答えが出るようなことではなく、玲琳は早々に悩むのをやめた。

今しなければならないのは、鍠牙にかけられた術を解蠱することだ。

「さあみんな……私の愚かな夫のために力を尽くしてちょうだい……」

玲琳の囁きに応え、袖口からも部屋のあちこちからも蟲が這い出てくる。常人であれば気を失うような光景の中、玲琳はうっとりとした微笑みを浮かべて彼らに手を伸ばした。

第三章　解蠱

幼い頃から時々、夕蓮と譲玄が二人きりでいる姿を見ることがあった。

そんな時、母は他のどこでも見せない顔をしていた。

場所はいつも、譲玄のため後宮に用意された研究室だった。

夕蓮はしばしば一人でその部屋を訪れるのだ。

その日も鍠牙は夕蓮を捜し、譲玄の研究室を覗いた。

部屋の奥で、譲玄は床に座って学問に没頭していた。そしてその傍らに、捜し求めた夕蓮の姿があった。夕蓮は譲玄に寄り添って甘えるように体をくっつけて、目を閉じて眠っているようだった。

『兄上、母上は見つかりましたか？』

不意に袖を引かれて鍠牙は振り向く。弟が頼りない表情で鍠牙を見上げていた。

鍠牙はとっさに部屋の中を見せないよう体で隠したが、弟はその隙間から目ざとく室内の様子を覗いた。

たちまち曇った弟の表情に、鍠牙は胸の痛みを覚えた。

『母上は……お師様が好きなのかな……僕らより大事なのかな……』

弟は寂しげに呟いた。

『そんなことはないさ、母上は俺のこともお前のこともすごく大事に思ってるよ』

鍠牙は笑顔で弟を慰めたが、自分の言葉が嘘にまみれていることは分かっていた。

夕蓮が他の誰かにあんなことをしている姿は見たことがない。彼女は誰にでも分け隔てなく優しかったが、譲玄だけは異常なほどに特別だった。

それでも鍠牙は嘘を吐いた。

母親が大好きな甘ったれの弟に、これ以上悲しい顔をさせたくはなかったからだ。

『もう行こう。母上はすぐに戻ってくるから』

鍠牙はそう言って弟の手を取り、部屋の前から離れた。

とぼとぼと二人で廊下を歩いていると、曲がり角を曲がったところでうっかり人とぶつかった。相手を見上げてぎくりとする。父がそこに立っていた。父はいつも口数が少なく、後宮では供も付けず一人で出歩くことを好む人だったから、この時も周りには誰もいなかった。

父は無言で二人の息子を見下ろした。そして固まってしまった息子の頭をぽんぽんと順に叩き、すれ違って歩いて行った。

鍠牙は血の気が引いた。あの先には研究室がある。夕蓮と譲玄が二人きりで過ごしている研究室が――！

子供心にも止めなくてはと焦り、鍠牙は父の後を追った。

手を伸ばし、声をかけ、引き止めなくては――！

しかし何故か足が動かない。声が出ない。

鍠牙は必死にもがき、叫び――

「おい！　起きろ！」

乱暴に揺すられて鍠牙は目を覚ました。目の前に男の顔があり、またしても自分が魘されていたところを起こされたのだと分かった。すがるように宙へ伸びた鍠牙の手を、男がきつく摑んでいる。

「……志弩？」

鍠牙は混乱したまま反射的に呟いた。

「いいや、残念だったな」

そう言われて鍠牙はようやく覚醒した。目の前にいるのは骸だった。

「あの男ならお前の決断に腹を立てて出ていったぞ。呼んでこようか？」

「……結構だ」

鍠牙は気まずさから手を振り払い、のっそりと起き上がる。どうやら長椅子で眠ってしまっていたらしい。体には毛布がかけられていて、冬なのにびっしょりと汗をかいていた。

ふと見ると、鍠牙の足にもたれかかる格好で由蟻が床に座ったまま寝ていた。鍠牙は自分にかかっていた毛布を由蟻の方へかけてやった。

「魘されていたな」

骸が長椅子の手すりに軽く腰掛けながら言った。

「……お前には関係ない」

鍠牙は距離をとるかのように硬い声で答えた。

「ああ、関係ない。お前が魘されていようが苦しんでいようが俺には何の関係もない。ただ、俺にはお前の苦しみが分かるというだけのことでしかない」

人を見透かすような物言いが、鍠牙はいささか癇(かん)に障った。この男は鍠牙のことを知っているというが、鍠牙はこの男を何も知らないのだ。

出会った直後の激情が過ぎ去ると、少しばかりの不信感が生まれていた。

「心配しなくても俺はお前との約束は守るさ。お前が俺との約束を守るならな」

骸は鍠牙の胸中を読み取ったかのように言った。

「……約束……か、本当に守れるのか？」

「どういう意味だ？」

「仮に夕蓮が悪だと証明できたとして、お前は本当に彼女を殺せるのかと聞いてる」

鎧牙は己の不信感をはっきりと言葉にした。

夕蓮は殺せない。夕蓮を殺してはならない。志弩が何度も言うその理由を、自分たちは理解していないのではないか。

「そういうことか……まあお前たちが疑うのも仕方がない。あれは人の愛情を際限なく喚起する、真正の化け物だからな。だが、それでも俺なら殺せる」

そう言われて鎧牙は初めて心底驚いた。夕蓮の正体を、この男は本当に正しく理解しているのだ。理解した上で、殺せると断言しているのだ。

「何故殺せると分かる？」

猜疑心のこもる問いかけに、骸は微笑し、己の胸を指でとんと叩いた。

「俺は、愛情というものを感じる心が壊れている」

そして、少し考えるように視線を動かし、

「……少し俺の話をしようか」

真面目な顔でそう切り出した。

「俺が生まれたのは飛国の小さな村だった……」

淡々と語り始める。

どのように生まれ、どのように育ち、誰を愛し、どれほど幸福であったか。

それをどんな形で奪われ、壊され、支配され続けてきたのか。

そして、鍠牙がこの男とどのように出会い、何をし、何をされ、今に至るのか。

骸は何も隠すことなく全て話した。

自分だけが鍠牙のことを知っているという不平等を消し去るためだろうか……手を組むと決めた相手への誠意のつもりなのかもしれない。

「だから俺は愛情を感じることができない。その感情がない人間なら、夕蓮という化け物を簡単に殺せるだろう。俺にとってあの女はただの野良の蠱師だ」

骸はあざ笑うかのように断言した。

「化け物だろうが魔物だろうが鬼だろうが……今の俺にとっては大した敵じゃないんだよ。一匹残らず息の根を止めて、俺はこの世から蠱師を滅ぼしてみせる。そうすれば俺は……元に戻れるかもしれないし、戻れないかもしれない」

そう話を締めくくる。

「……戻れなかったらどうする？」

「さあ……分からない」

骸は力なく零した。今の自分より十は年上であろうその男が、奇妙に幼く見えた。

「……なら、その後は蠱師以外を滅ぼすのはどうだ？」

鍠牙は不意にそう言っていた。まともに考えて出てきた言葉ではなかったが、冗談で言ったわけでもなかった。自分の中から出てきたとは思えぬその言葉は、それでも確かに鍠牙のものだった。

「本気か？」

「この世から人間がいなくなれば、少なくとも愛情なんてものを抱く必要はなくなるだろう？」

ふつふつと……奇妙な感覚が鍠牙の中に生まれていた。

暗殺者に人間を滅ぼすことなどできない。だが、王ならば……？　暗殺者などよりよほど多くの人間を殺すことができる。大陸を巻き込んで戦を起こし、国同士を争わせることだって……

そうだ……人間がいなければ……愛情などというものがなければ……

腹の底を焼く感覚に溺れている鍠牙を見て、骸はにやりと笑った。

「そうか……いいな、それ」

くつくつと可笑しそうに笑い、ふと真顔になる。

「なあ、楊鍠牙。逆に聞こう。お前は李玲琳を殺せるのか？」

今度はこちらに話を向けられ、鍠牙は何故かひやりとした氷塊を腹の中に投げ込まれたような心地がした。あの女の名を聞くと、不思議なほどに寒気がする。今が真冬であることを、しみじみと実感するのだ。

「あの女のことを、お前は覚えていないだろう。だが、それでも確かにあの女はお前の妻で、お前の子を産んだ女だ。それを殺す覚悟はあるのか？」

骸は強い目で鍠牙を射た。その覚悟を見定めようとするように。

「……お前は自分が奪われた記憶を取り戻した時の話をしただろう？」

鍠牙はさっきの話を思い出しながら言った。

「うん？　ああ……」

「それを聞いた時、胡蝶（こちょう）という女は殺すべき蠱師だと思ったよ。その女の娘ならきっと、あの女も殺すべき蠱師なんだろう。そんな女から生まれた子供は不幸だ。きっと、俺と同じくらいにな」

「……そうか、分かった。お前にその覚悟があるなら俺が殺してきてやろう。お前の母と妻を、俺がこの手で殺してやろう」

頼もしく歪んだ笑みを浮かべる骸を見上げ、鍠牙はふと不思議に思った。

「なあ、お前の本当の名前は何ていうんだ？」

骸というのはどう考えても本当の名ではあるまい。

「手を組むなら本当の名くらい教えろよ」

すると骸は酷く驚いたように目を見開いた。何故そこまで驚くのか分からず、鍠牙はいささか困惑した。

「…………忘れた」

骸はそう答えて長椅子の手すりから立ち上がった。顔を背けていたので、どんな表情を浮かべていたのかは分からなかった。

鍠牙がいなくなって数日――玲琳は自室に閉じこもり続けた。

散乱してゆく毒草や鉱物や書物。

その中央に置かれた甕の中の変化を、玲琳は一睡もすることなく見守り続けた。

「お母様、お食事よ」

「お母様、お水のんでください」

火琳と炎玲が甲斐甲斐しく世話を焼く。

「これができればお父様の病気が治るんでしょう？　そしたらお父様はお部屋から出てこられるわね？」

「はやくお父様にあいたいです」

子供たちは鍠牙が病に臥せって部屋に隔離されていると信じている。母が主治医として父を治療するのを、少しでも手伝おうと健気に思っているようだった。

「お前たちはもしもお父様が……」

そこまで言った時、利汪が部屋に駆けこんできた。

「お妃様、お伝えしなければならないことが……」

彼の表情から深刻なものを感じ、玲琳は立ち上がった。

「お前たちは少し出ていなさい」

玲琳がきっぱり言いつけると、双子は不満を見せることもなくすぐに従った。こういう時の母に逆らってはならないと、子供たちはよく分かっていた。

双子が部屋から出ていくと、利汪は辺りに視線を走らせ、声を低めて告げた。

「裏街から……客人が来ています」

「裏街から？　もしかして……」

利汪は無言で頷いた。

「へえ……ちょうどよかったわ、通しなさい。今はなるべくこの部屋を離れたくないのよ」

玲琳の命を受け、利汪はすぐに退室した。少し待つと、その客人は人目をはばかるようにひっそりと玲琳の部屋へ通された。

「久しぶりね、志弩？」

玲琳は朗らかに笑いかけた。語尾がいささか疑問の形をとる。玲琳はこの男にさほど関心がなかったが、夫の大切な友人の顔くらいはかろうじて覚えていた。

「……あんたも分かってると思うが……」

志弩は何の前触れもなく切り出した。

「鍠牙がお前の所にいるのね？」

「ああ、やっぱり鍠牙を刺したあの蝶はあんたのか」

「ええ、ずいぶんまずい状況なのは分かっているわ。このままあの男を放置していたら、大変なことになるでしょうよ。それを阻止するためにお前、私に助けを求めに来たのでしょう？」

「……鍠牙の手先としてここへ来たとは思わないのか？」

志弩は試すようにそう聞いてくる。玲琳は軽く肩をすくめた。

「私はお前が鍠牙をとても大切にしていることを知っているわ。そしてお前は鍠牙が壊れていることをよく知っているね？　ならば、お前が今の鍠牙を放っておくはずはないのよ」

嫣然と微笑む玲琳に、志弩は深く息を吐いた。

「……あいつはあんたと夕蓮様を殺すつもりでいる」

「骸に殺させるつもり……ね？」

「それも分かってたか」

苦々しげな志弩を慰めるように玲琳は彼へ近づいた。しかし志弩はそれを見て慄（おのの）いたように少し下がる。無礼な男だ。

「その点においては安心なさい。夕蓮を殺せる者などいないし、仮に私が死んだとしても問題はないわ。その時には鍠牙も共に死んでいる」

「お妃様、それは……！」

部屋の端に控えていた利汪がたまらず声を上げた。玲琳は軽く手を振ってそれをなだめる。

「悪いことが起きたとしても、私と鍠牙が死ぬ程度だということよ」

「それは最悪中の最悪だな」

志弩は引きつった笑みを浮かべた。

「いいえ、本当に最悪なのは、彼らが私と夕蓮を殺せなかった時だわ。あの男たちは暴走して何をするか分からない。あれは本物の馬鹿だから、人間を皆殺しにするなどと言い出すかもしれないわよ」

「まさか、いくら何でもそんな馬鹿げたことを考えるもんか」

さすがにその突拍子もない発想には、彼も呆れたらしかった。

「そう願いたいわね。とにかく、私と夕蓮が狙われているだけの今の状況はまだ最悪ではないということよ」

「あんたと話してたら少し落ち着いた。考えすぎてた自分が馬鹿らしくなった」

「そう、よかったわ。冷静になったのなら鍠牙を取り戻すために働いてちょうだい。私はちょうどお前を呼び出そうと思っていたところなのよ」

玲琳は軽く腰に手を当て、目線で傍らの甕を示した。

「解蠱薬が完成したわ。鍠牙の呪いを解くわよ」

「本当か!?」「本当ですか、お妃様!?」

志弩と利汪の瞳に希望の輝きが宿る。

「ええ、私は蠱毒の里の次代の里長（さとおさ）、毒と名のつくものなら全て征服してみせるわ。ただ……解蠱するには直接鍠牙に近づかなくてはならないの。けれどそこには骸も由蟻もいるのでしょうし、何より鍠牙は私に気付けばきっと逃げるわ」

「まあ、そうだろうな」

「だから、鍠牙に近づけるよう変装して潜入したいのよ。そのために、手を貸してほしいの」

それがこの数日考えて思いついた作戦だった。

志弩は怪訝な顔になった。

「変装？　何に変装するつもりだ？」

「鍠牙がいるのは妓楼なのでしょう？　妓楼へ潜入するのだから、妓女にでも化ければいいのではないかしら？」

「なっ……お妃様！　それはさすがに！」

利汪が血相を変えて近づいてきた。

「けれどそうでもしなければきっと近づけないわ。上手く変装して誰にも気づかれないよう近づければ、その場で全て解決できる。志弩、手伝いなさい」

玲琳はひらりと手を差し出す。志弩はその手を取るでもなく渋面で思案し、覚悟を決めたように頷いた。

「あんたが妓女か……似合わねえけど仕方ないな。分かった、手を貸そう」

玲琳にとって裏街は初めての場所ではなく、幾度も足を運びその街並みを眺めた場所である。しかし今は雪に覆われ、その姿を真白く変えていた。

徒歩で王宮までやってきた志弩と共に、玲琳は馬車で裏街へと訪れた。

何軒もの妓楼が立ち並ぶ夕暮れ時の裏街は、人足が増えて昼間とはその表情を変え始めている。玲琳はその中の一軒へたどり着くと、志弩の手引きで妓楼の中へと足を踏み入れた。

この店に入るのも初めてではない。玲琳は志弩が懇意にしている女将に挨拶し、不審な目を向けられながら標的に気付かれぬよう妓女の衣装に着替えた。

色鮮やかな肩のはだけた着物を纏い、髪はいつもと違う形に結い上げて派手な化粧を施す。

「へえ……ずいぶん印象が変わるもんだ。知り合いが見ても一目であんただとは気づかないかもな」

志弩は変装を終えた玲琳を見て感心したように言った。

「本当だねえ、だけど……正直うちの店で働いてる娘には見えないねえ」

女将も頬に手を当てて玲琳を眺めながら首を捻った。

「妓女に見えないかしら」

玲琳は衣装を見せつけるようにくるりと一回転した。

「うーん……何だろうねえ……あたしはこれまで散々女の子を見てきたけど、あんたみたいな娘は初めてだよ。これだけの美人だってのに、あんたはたぶん妓女としては売れないと思うね」

「それはまあ仕方がないわ。私は男にモテない女なのよ」

玲琳はいつもよりはだけた胸元を押さえて言い放つ。

妓楼が何を売る場所かくらいは知っているし、自分が男にそういう意味で求められないことも知っている。こんな女を欲する男はどこかの壊れた王くらいのものだ。

「そうだろうね、男はあんたを指名しないさ。あんたは一際目立つだろうけど、何ていうんだろうね……下手に手を出せない空気があるよ。高嶺の毒花とでも言えばいいのかね」

言われて玲琳はきょとんとし、にやりと笑った。

「いいわね、気に入ったわ」

満足そうにその評価を受け入れる。

笑っている玲琳に、女将はふんと鼻を鳴らした。

「まあ、あたしはあんたがどこのお嬢さんだか知らないし、詮索する気もないけど、妓女の真似事なんてこれきりにするんだね。あんたには向いてないよ」

「ええ、こんな経験は二度とないでしょうね。お前の協力に感謝するわ」

悠然と礼を言う玲琳に女将は深々と頭を下げた。

「お役に立てて光栄ですわ、お嬢様」

「よし……それじゃあ行くか」

志弩に案内されて、玲琳は妓楼の中を歩いてゆく。

手には用意された酒器の盆を持っている。

頭でシャラシャラと鳴っている髪飾りが邪魔だなと思いながら、優雅な足取りで進んでゆく。

時折すれ違う者は皆振り返って玲琳を見た。昔から玲琳は、色々な意味で人目を引く人間なのだ。

「今の鍠牙は私とほんの短い時間しか会ったことがないわ。この姿ならば気づかれないのではないかしら？」

「そうだな、鍠牙と二人きりになれれば、あんたなら何とかできると期待してる」

志弩は思いつめたように言う。どことなく、彼は他の人間よりもこの状況を一段重く考えているように見えた。

鍠牙の古くからの友人だからだろうか？　だとしたら、玲琳は彼の期待にも応えてやらなくてはなるまい。

一人きりになった鍠牙に近づき、妓女の振りをして油断させ、解蠱する。

頭の中で自分のすべきことを考える。

「……妓女というのはどのように振る舞えばいいのかしら？」

「どうといわれてもな……とりあえず笑顔で近づいて、酒を勧めろ」

「酒を用意してあげたわよ、飲みなさい――という感じでいいかしら？」

「いや、よくねえ！」

志弩は歩きながら勢いよく振り返った。

「ではどのように？」

聞くと、志弩は少し困ったように前を向いた。

「そうだな……旦那様、お酒を一献いかがですか？　とか……どうぞこちらを召し上がってくださいな、とか……ご一緒させてくださいまし、とか……今夜はゆっくりなさってね、とか……お疲れでございましょう？　とか……色々あるだろ」

「ええと……お酒を召し上がって今夜は一緒に疲れましょう……？」

「いや、まとめるな！　なんか微妙に間違ってはいないけども！」

志弩はもう振り向きもしない。

「私は人と酒を飲むことなどまずないのよ……」

玲琳は困ってしまい、渋い顔でもう一度頭の中を整理しようとする。

「一番敬う相手に勧めてると思えよ」

ため息まじりに言われ、玲琳はその相手を頭に思い浮かべる。敬うべき相手……それは一人しかいなかった。

「なるほど、分かったわ」

「え……そんなにすんなり分かられると逆に不安なんだが……」

志弩はぼそりと呟いたが、それ以上文句は言わなかった。

玲琳が連れていかれたのは、妓楼の最上階にある一角だった。

「ここで待っててくれ。鍠牙を一人にしてくる」

玲琳は廊下の陰に隠されて、そこで待つことになった。

少し待つと、志弩が足早に戻ってきた。

「まずい、鍠牙がいない!」

「何ですって? 骸は?」

「骸もだ。姿が見えない。部屋の中で由蟻だけが寝てやがる。くそ……どこ行きやがった鍠牙のやつ……捜してくるから待っててくれ」

志弩は焦ったように言いながら、玲琳を置いて再びその場を離れていった。

玲琳は少しの間そこにいたが、考えた末に酒器の盆を抱えたまま歩き出した。

楊鍠牙という人間をこの世で最も知る者は自分であると玲琳は自負する。

十七歳の鍠牙が現在の鍠牙と同じ発想をするかは知らないが、彼が十六年前と変わっていないのならば、居所の推測は立つ。

鍠牙は高く見晴らしのいい場所が好きではない。高楼から広々とした美しい景色を眺めるなどという趣味はない。本質的に陰湿で警戒心の強いあの男は、低く狭く閉ざされた場所を好むのだ。

玲琳は最上階から下り、廊下を歩き——曲がり角を曲がったところで妓楼の客と思しき男と鉢合わせした。

男は玲琳を見るなり、大きく目を見開いた。

「お、見慣れない顔だな。あんた新しい子か？」

どうやら酔っているらしく、へらへらと浮かれている。

新米妓女というには年齢を重ねすぎていると思うが、斎帝国出身の玲琳は魁の女性と比べると幼く見られがちだから、男の目にはそう見えたのだろう。

「こんなところで何やってるんだ？　客がつかなくて困ってるのか？　よし、俺が買ってやろう。こっちに来な」

酒器を持っているのだからどう見ても用事の途中だと思えそうなものだが、酔っぱらった男はそんなことお構いなしに、上機嫌で玲琳の腕をつかむと目の前の部屋に引きずり込んだ。

部屋の中には他に妓女が三人と客が二人いて、卓には酒や食べ物が並び、宴会さながらの様子である。

「新しい子を連れてきたぜ！」

すると部屋の中にいた他の客も玲琳を見て感嘆の声を上げた。

「はあ……こんな綺麗な子がいたのか」

「おいおい、いくらだ？　俺は今日この子にするぜ」

「横取りするんじゃねえよ、この子は俺が買うんだからよ」

酔った男は玲琳の肩を抱く。

「残念だけれど、私を買う男はもう決まっているの。手をお放し」

玲琳は冷厳な眼差しで男を射た。男は一瞬で酔いが醒めたように青ざめ手を引いた。

「な、何だよ……客にそんな態度取っていいのか？」

「客？　私を金で買いたいのなら、一国の王にでもなって出直しておいで」

玲琳は何となくこの国に嫁いできた時のことを思い出して高慢に言い放った。

とはいえ相手を侮辱する意図はなく、むしろ適切な助言をしたつもりであった。

全員が言葉を失い、気まずい沈黙が流れる。しかし男たちはその沈黙を恥じたように突如激昂した。

「お前……客に向かって何様のつもりだ！」

「売り物の分際でお高くとまってんじゃねえぞ！」

「痛い目見てえのか！」

怒りをぶつけられて玲琳はひやりとした。男たちが怖かったからではない。うっかり蟲に男たちを襲えと命じてしまわないよう、自分に言い聞かせたためである。蟲を使って騒ぎを起こせば、鍠牙や骸に気付かれてしまう恐れがある。それは何としても避けなければならなかった。

「騒ぐのはおやめ。お前たちが愚かで身の程知らずであることは、決して罪悪ではないのだから、恥じることはないのよ。堂々としていなさい」

玲琳は男たちをそう励ましたが、それは火に油を注ぐ行為であった。

「ふ……ふざけるんじゃねえ！　おいお前ら、この女無理やりやってやろうぜ！」

男たちは酒気以上に真っ赤になり、玲琳につかみかかった。

手荒く腕を引っ張られ、酒器の盆が床に落ちる。

妓女たちが怯えて悲鳴を上げる。

「おら！　逃げるんじゃねえ！」

男が怒鳴ったその時、突然部屋の扉が乱暴に開いた。

「うるせえ!!」

蹴破るように乗り込んできたのは、玲琳が捜し求めていた当人、鍠牙だった。

「ぎゃあぎゃあ騒いでんじゃねえ！　殺すぞ！」

鬼の形相で怒鳴られ、男たちは縮み上がった。

妓女たちも抱き合って震えている。

鍠牙は呆気にとられている玲琳の腕を引き、問答無用で部屋から引きずり出した。

「あんた新入りか？　客あしらいが下手すぎるだろ、外まで聞こえてたぜ」

腕を引いて歩きながら、仏頂面で文句を言う。

やっと見つけた……玲琳はほっと胸をなでおろしながら、新たな緊張を覚えた。目の前にいるのは紛れもなく鍠牙だった。若返って見慣れない姿をしているが間違いない。さすがに玲琳も夫を見間違えるほど薄情ではない。

「ほら、仕事に戻れよ」

鍠牙は少し部屋から離れると玲琳の手を放し、地味で小さな戸を開けて部屋の中に消えてしまった。

玲琳はすぐさま彼に続いて部屋に入った。

そこは様々な物が置かれた狭い物置部屋だった。小さな明かり取りの窓があり、その下にさっきまで誰かが包まっていたと思しきぐしゃぐしゃの毛布が放置されている。どうやら彼はそこに潜んでいたようで、隣室の騒動を聞きつけ現れたらしかった。

「何だ、仕事中だろ？」

鍠牙は怪訝な顔で振り返る。

まるで自分の屋敷にいるような態度だ。

こんなところに潜んでいい気なものね――などとうっかり口に出かけたが、玲琳はそれを喉の奥にしまい込んで自分がすべき振る舞いを思い描いた。

一番敬う相手を前にした時の振る舞いだ。脳裏に浮かぶ相手は一人しかいない。

蠱師として最も畏敬の念を抱く祖母、月夜（つくよ）。

玲琳は怪訝な顔でこちらを見ている鍠牙を見返し、己に言い聞かせた。

――これは私のおばあ様よ――

玲琳は優雅な所作で鍠牙の足元に跪いた。

「私を買ってくださいませんか？」

ありったけの畏敬を込めて見上げる。

解蠱薬を飲ませるなら、口移しがいい。懐には粉状の解蠱薬の包みを忍ばせてある。本当は酒に混ぜて飲ませるつもりだったが、酒はこぼしてしまったから直接口に含むしかないだろう。

解蠱薬を飲ませて、肌に触れて、内側を探って、蠱を引きずり出す。そのあいだずっと、相手に触れていなくてはならない。決して逃げられてはならない。

つまり――床入りだ。それしかない。ここは妓楼。つまりはそういうことをするところなのだ。

今の鍠牙は玲琳の顔をほとんど見ていないから、記憶はおぼろげだろう。この激変した姿ならばまず正体はばれまい。

「お代はいりません。助けていただいたお礼に、どうか一晩……」

これはおばあ様……これはおばあ様……何度も頭の中で繰り返し、玲琳は鍠牙に微笑みかけた。

どうかお願いだから、モテない女のこの程度の誘惑に引っかかる、真正の変態であってくれ……！　胸中で祈る。

「さっきとずいぶん違うな。しおらしいじゃないか」

「相手が変わればこちらも変わるものです」

鍠牙は少し興味をひかれた風だったが、しかし苦笑いで首を振った。

「悪いが、綺麗な顔した女は嫌いなんだ。そういうのにろくな女はいない」

この野郎……胸中に汚い言葉が浮かんでしまった。しかしそんな腹立ちは綺麗に隠してみせる。

「まあ……そうでしたか。確かに私は、しゃべらなければ美人と言われます」

にこっと笑った玲琳に、鍠牙は一瞬きょとんとし、可笑しそうに笑った。

これはいける――のか？

「私は他に返せるものがありません。私のことはお気に召しませんか？」

跪いたまま、美しい所作で胸に手を当てる。

「……あんた、ずいぶん良家のお嬢さんに見えるが……何でこんなところに？」

問われてぎくりとしたものの、玲琳は正直に答えることにした。

「夫のせいで……ここに……」

たちまち鍠牙の眉間には深いしわが刻まれた。

「旦那に売られたのか……下種野郎だな」

その下種野郎はお前だ——と思いながら、玲琳は笑みを保つ。

「分かった、あんたを買おう」

鉑牙は意を決したように言った。

「本当ですか？」

「ああ、ちゃんと金も払ってやる。ただし、買うのはここだけだ」

と、鍠牙は跪く玲琳の膝を指さした。

「あんたの膝を買おう」

そしてその少し後——壁際には鍠牙を膝枕する玲琳の姿があった。

彼は体に毛布をかけて、玲琳の膝に頭をのせている。

「これでよろしいのですか？」

「ああ、いいよ」

いや、よくない！

「膝枕、お好きなのですか？」

「……ここに来たときはいつもしてもらう。いや……してもらってた、と、言わなくちゃならないのか……」

不意に鍠牙の体が強張ったのが伝わる。

「……あんたは、こんな苦界に堕とされて、この世を恨んでるだろうな」

「……さあ……どうでしょう？」

玲琳に妓女たちが何を思っているかは分からない。

そんなことよりとにかく解蠱させてほしい。その隙を見せてほしい。具体的には、唇を合わせて解蠱薬を飲ませて体を隅々までいじくりまわしても逃げないくらいの隙だ。……そんな隙、果たしてあるのか？

今更ながら心配になってくる。

最悪、蠱の毒で動きを止めなくてはならないが……

「俺は今、この世の人間を一人残らず地獄へ堕としてやりたいと思っている」

悩んでいる玲琳の膝の上で、鍠牙は唐突にそんなことを言った。

玲琳は彼が何を言ったのか理解するのにいささか手間取り、反応が遅れた。

「あんたを苦しめてる男が全員地獄へ堕ちれば、あんたも少しは救われるだろう」

だからその男はお前だ――と、玲琳は思った。

「彼女が悪かどうか……もうすぐ分かる。それが分かれば俺は、きっと彼女を殺すことができる。だが……それが無理なら、あとはもう人間を根絶やしにするしかないな。愛なんてものはこの世に不要だ」

無垢な少年の顔で滔々（とうとう）と語る彼に、玲琳はごくりと唾をのんだ。

どうしよう……理論が空の彼方に吹っ飛びすぎていて理解不能だ。

どうしよう……訳が分からないのに……この男の毒は相変わらず底なしに魅惑的だ。いや違う、こちらが魅了されてどうする。玲琳こそがこの男を誘惑しなければならないのに……

「あんた、自分が死ぬのは嫌か？」

鍠牙はふと思いついたようにそんなことを聞いてきた。玲琳は一考して答える。

「……この世の人間が一人残らず滅びても、私は死なないと思いますよ」

鍠牙は目を丸くして、くっくと笑い出した。

「最初から分かってたが、あんた……そうとう気性が激しいだろう？　あんたが死ぬのはもったいないな……女は殺しても死なないほうがいい」

朗らかに、親しげに、笑う——その裏に、どす黒い毒の気配が覗く。

玲琳は理性と欲望の狭間（はざま）でくらくらした。

「どうした？　大丈夫か？」

玲琳が渋い顔をしていたのを見て、鍠牙が膝から起き上がった。

「苦しんで……いらっしゃるのですね……？　私が癒して差し上げられないかしら？あなたのその痛みを……。私ではダメなのかしら？」

玲琳は鍠牙の手を握る。身を寄せて、そっと顔を近づける。しかしその唇が触れる前に、鍠牙は手をつきだして玲琳を拒んだ。

「……無理だな」

「一夜だけでも夢を見ては……？」

するると彼は頬を引きつらせて玲琳の手を振りほどいた。

「冗談じゃない、夢ってのは地獄と同義だ」

「どうしても……私を抱いてはくださらない……？」

「……あんたがどういうつもりでそんなことを言うのか知らないが、俺にはそういうつもりはない。礼ならもうしてもらったしな」

「どうしても？」

「ああ、そもそもそういう目的でここにいるわけじゃ……」

そこで鍠牙は体を傾がせ、床に手をついた。

「なん……だ」

冷ややかに告げた玲琳の足元には一匹の蛇が這っている。鍠牙の足にはその蛇に噛まれた傷ができていた。

「それなら仕方がないわね、諦めることにするわ」

「毒を使って動きを止めると解蠱の妨げになることがあるから使いたくはなかったけれど、仕方がないわ。私を抱かないお前が悪い」

鍠牙は困惑の表情で玲琳を見上げ、突然顔を――いや、全身を強張らせた。

「お前……！　まさか……何でお前がここにいるんだ！」

「やっと気がついたわね。名を呼びなさい、李玲琳よ。もっとも、いつものお前は私を名前で呼ばないけれど」

　高慢に命じる玲琳を、鍠牙は汚物を見るような目で見てくる。本当に、玲琳の正体には気づいていなかったらしい。

　これがいつもの鍠牙なら、玲琳が頭から布をかぶって路傍に突っ立っていても、一目で見抜いたに違いない。あれはそういう変質者なのだ。だが、玲琳の顔をほとんど見ていない今の彼なら、気づかなかったのも無理はない。

　鍠牙は痺れた体を引きずって玲琳から離れようとした。

「これ以上逃げるのはおやめ」

「……何しに来た。女が一人でこんなところに……痛い目に遭いたくなければ今すぐ消えろ」

　玲琳を睨み返す彼の全身から怒りと嫌悪がほとばしった。さっきまでの落ち着いた様子とはまるで違う。もっとも、人間を根絶やしにするなどと言い出したさっきの彼がまともであるとはとても思えないが……

「そんなに怯えることはないわよ」

　玲琳は落ち着かせるように言った。

「怯える？　俺がお前をいつ怖がった」

「何を言っているの。お前は最初から、ずっと私を恐れて威嚇していたじゃないの」

そんなことは最初から分かっていた。攻撃的なあの態度の裏側に、恐れが潜んでいることは分かっていたのだ。

「死人のような顔をしていたくせに、ずいぶん元気になったこと。私と夕蓮を殺す覚悟を決めて機嫌がいいのかしら？」

「!?　何でお前がそれを知ってる！」

「私はお前のことなら何でも知っているのよ」

玲琳は蹲る鍠牙の肩に触れた。

「いいかげん散歩から帰っておいで」

「触るな!!」

鍠牙は割れた硝子片のような危うい声で叫び、玲琳の手を振り払った。

「何なんだよ……お前……俺に何を言われたか忘れたのか！」

何とも要領を得ない問いに、玲琳は首を捻る。

「お前、私に何かまともな意味のあることを言ったかしら？」

「ふざけるな……お前と会ってから、俺はお前に暴言しか吐いてないぞ。まさかそれも理解できないほどおつむが弱いわけじゃないだろ」

「ん？　ああ、そうね。確かにお前はずいぶんと吠えていたわね」

だからどうしたと玲琳は首をかしげる。

「分かってるなら……何でこんなところまできた？　俺に何を期待してるんだ？　十六年後の俺がお前にどう接してたのか知らないが……それと同じものを今の俺に求めるな！」

　鍠牙は苦々しげに言い捨てた。

　歪んだ鍠牙の表情を目の当たりにして、玲琳はこの時珍しく洞察力を発揮した。この分野に関して不得手な玲琳にしては見事というほかなかった。

「ちょっと待って、お前……もしかして、私が愛(いと)しい夫を取り戻すためにここまでやってきたとでも思っているの？」

　目を真ん丸にして問いただすと、鍠牙は何とも言えない渋面になった。

「…………違うってのかよ」

「違うに決まっているわ！　そんな誤解をされていたなんてこっちがびっくりよ！」

　冗談じゃない。そんな風に思われては困る。絶対に困る。

「言っておくけれど、誇り高き蠱師だった母の名に誓って、私は生まれたその時から今の今までお前を愛したことはただの一度もないし、これから死の瞬間が訪れるまでお前を愛することも絶対にないわ！」

堂々と言い切ると、鍠牙は目に見えて狼狽えた。

「なん……お前、さっきまではあんなに……」

「あれはお前をおばあ様だと思って接していただけよ。志弩の勧めに従ってね」

彼はしばし絶句し、忌々しげに歯噛みした。

「あいつ……どこに行ったかと思ったら、裏切ったのか……」

「違うわ、あれはお前を愛しているのよ。お前を塵芥と思っている私と違ってね」

本当に、この世で最も魅惑的な塵芥だ。

しかし鍠牙は少しも納得していないらしく、恐ろしい顔をしている。

「どいつもこいつも人をどこまで虚仮にすれば……ふざけるなよ。蠱師なんてものは本当にろくなもんじゃない！　正直、お前を殺さない理由を見つける方がよっぽど困難だ！」

「そういう台詞は剣の一振りでも握ってから言うのね」

鼻で笑い、玲琳は彼に手を伸ばした。

「お前を元に戻すわ。黙って全部受け入れなさい」

しかし彼は逃げるでも騒ぐでもなく懐に手を入れた。そこから取り出されたのは、鞘のついた短剣だった。鍠牙が震える手で鞘を払うと、小窓から差し込む夕日の最後のひとかけらに白刃が赤く染まる。

「……それで私を殺すつもり？　そんなもので蠱師が……」

玲琳の言葉を無視して、鍠牙は手を動かし、そして短剣を自分の首筋にあてがった。

ぎょっとする玲琳に、鍠牙は危うい笑みを浮かべてみせた。

「愛してない男なら、死んだところで痛くもかゆくもないんだろ」

鍠牙の手に力がこもる。刃が鍠牙の首の皮を切り、血がにじむ。

これはただの脅しだ。何の意味もないはったりだ。だが、楊鍠牙という男がたかがはったりの脅しで自分の命を捨ててみせるような男であることを玲琳は知っていた。

多分彼は少しのきっかけでその刃を喉に突き立てるだろう。たとえば烏が寂しげに鳴いたからとか、そんな理由で。

「ここで死ぬのは俺かお前のどちらかだ。選ばせてやるよ、どっちだ？」

「お前……」

玲琳はぶるぶると体を震わせた。

「私にも我慢の限界というものがあるわ……いい加減にしなさい。何度言えば分かるの。私をこれ以上誘惑するのはおやめったら!!」

さすがに腹が立って怒鳴る。

「……は？　おい……誰が今そんな話をしてんだ、この変態女が！」

「何ですって!? 変態に変態呼ばわりされる覚えはないわ！」

ぜいぜい息を切らしながら、お互い睨みあう。

不意に、何というバカげた言い合いをしているのだろうかと自分に呆れた。

そして玲琳はすとんと諦めた。

「馬鹿馬鹿しい……もうやめだわ。こんなことに時間をかけていられないの。お前を言葉でねじ伏せようと考えたことが間違っていた」

この世には言葉が通じても話が通じない相手がいる。若返っていたとしても、彼がそういう厄介な男であることには何ら変わりないのだ。

玲琳は覚悟を決め、懐から取り出した解蠱薬を口に含む。そして怪訝な顔をしている彼に手を伸ばして飛び掛かった。

鍠牙はぐっと短剣に力を込めた。が、痺れた手が震えて短剣を取り落とす。玲琳はすぐさま落ちた短剣を払いのけた。短剣は床を滑って手の届かない場所へ遠ざかる。

苦い顔で歯噛みした鍠牙の胸ぐらをつかみ、玲琳は痺れて動けない彼を壁に押し付けた。嫁いで八年、膂力（りょりょく）で彼を押さえ込んだのは初めてのことだった。

玲琳は一瞬で汗をかいていて、呼吸が酷く乱れていた。この短い間に全力を出し切ったような心地だった。

「くそ……お前……」

鍠牙は忌々しげに声を上げたが、抵抗する力はほとんどなかった。

「さあ……お前を喰うから口を開けて」

顎の先から汗の雫(しずく)を滴らせ、玲琳は彼の肩を押さえつつ、もう片方の手で首を絞めた。鍠牙は空気を求めてあえぎ、口を開く。

玲琳は己の舌を噛んですかさず鍠牙の口を塞ぎ、血と唾液の混ざった薬を彼の口内に注ぎ込んだ。

鍠牙の体が激しく震えた。玲琳は逃がさぬように力を籠(こ)める。

注いだ解蠱薬の後を追って、玲琳は彼の内側を探る。

その腹の奥底——一番深い場所にそれはいた。

玲琳はそこへ手を伸ばす。

——こちらへおいで——

鍠牙の中に巣くう蟲。懐古の術によって仕込まれた深紅の蟷螂(かまきり)。それが鎌を振り上げて待ち構えていた。なんという強大な毒蟷螂……恐ろしい力を秘めていることが見ただけで分かる。こんなものが体内にいたら、どれほど快感だろうか……

——私の血は美味しいでしょう？　ここへ来ればいくらでもあげるわ——

玲琳は幾度も誘いかける。

その途端、蟷螂が玲琳に向かって突進してきた。甲高い金属音がして、激しい衝撃があり、気づけば玲琳は鍠牙から吹き飛ばされひっくり返っていた。

全身がびりびりと痺れている。痛む体をゆっくり起こすと、鍠牙も同じように起き上がった。お互い睨みあう。

鍠牙の体は元の大人の姿に——戻ってはいなかった。

「力で押し負けた……？」

玲琳はくっと笑みの形に唇を歪めた。

どろりとした薬と血が口の端から零れ、屈辱に腹の底が焼かれる気がした。

冗談じゃない……冗談じゃない……こんなことはあり得ない。どう考えてもあり得ないのだ。こんな呪物をあの男が使えるはずはない——！

「鍠牙……お前、いったい誰に呪われたの？」

玲琳が刺すような目つきで問いただしたその時——

にゃあ
妓楼にそぐわぬ声が響いて、玲琳はぴたりと動きを止めた。

振り向くと、一匹の猫が床に立って玲琳を見つめていた。

その猫に、玲琳は覚えがあった。王宮で幾度も目にしているその姿。いつも夕蓮の膝元でごろごろと喉を鳴らしている愛猫。どこにでもいる何の変哲もない猫のように見えるが、それが生きた猫ではないことを玲琳はよく知っている。蠱師の力なくして自ら蠱となった恐ろしい蟲——猫鬼と人は呼ぶ。

その猫鬼が、つぶらな瞳で玲琳を見上げていた。

にゃあ
猫鬼はまた鳴いた。

「あなた、何故こんなところにいるの？」

にゃあにゃあにゃあにゃあにゃあにゃあにゃあにゃあにゃあにゃあにゃあ
何度も何度も猫鬼は鳴いた。愛らしくもぞっとするようなその様に、異変を感じずにはおれなかった。

「夕蓮に何かあったの？」

この猫鬼は夕蓮への愛情だけで蠱となった異質な蟲。玲琳に何か伝えようとしているなら、夕蓮のこと以外ありえない。

「ああ……あいつが上手くやったのか……」

鍠牙が力なくつぶやいた。彼は壁に全身を預けて脱力していた。体の中が空っぽになって、空気だけが詰まっているかのような頼りなさで壁に寄りかかっている。

「どういう……」

問いかけて、玲琳はすぐに察した。

「……骸はどこへ行ったの？」

妓楼の中にあの男の姿が見えないと、志弩は言っていた。飛国の蠱師を数多殺害し、なおも蠱師を滅ぼそうと考えているあの男が、今、どこにいるのか――

鍠牙は玲琳の疑問を受けて不気味な笑みを浮かべた。

「あいつは夕蓮のもとへ向かった」

「っ……何のために？」

理由など半ば分かっていながら玲琳は問うた。が――

「……夕蓮が殺すに値する悪かどうかを見極めるために」

「悪……？　夕蓮が悪かどうかですって？」

鍠牙の返答は玲琳の想像から外れていた。この男は何を言っているのだと玲琳は当惑した。夕蓮が悪かどうか？　そんなもの、答えは分かり切っている。

「俺の師は、夕蓮を悪ではないと言った。一度も嘘を吐かなかったあの人の言葉の真意を知りたい。何で師はそう言ったのか……何で死んでしまったのか……俺はあの人の弟子として、本当のことを知る義務がある」

「知ってどうするの？」

「夕蓮が悪なら、あの女を殺す理由ができる。たぶん俺は、ずっとこの日を待ってたんだ。あの女から解放されるこの時を待ってたんだ。だから、何も知らないお前ごときが邪魔をするなよ」

瞬間、玲琳は違和感を覚えた。玲琳は鍠牙が夕蓮への殺意を語る姿を幾度も見てきた。その怨嗟の声を幾度も聞いてきた。その苦悩を——絶望を——毒を——全部見てきて違和感を抱いた。

悪ならば殺すという単純な図式は、彼の心の歪に合わない。

「お前……本当は夕蓮が悪であることを確かめて、彼女を殺す理由を得たいのではなく、夕蓮が悪ではないことを確かめて、彼女を許す理由が欲しいのではないの？」

「は？　何を言ってるんだ？」

鍠牙は頬を引きつらせて聞き返す。自覚がないのだ。頭の中で、彼は自分の本心を受け入れたくないと思っている。

何故なら、夕蓮を悪ではないと認めることは……彼女を悪だと断罪するよりよほど残酷なことなのだから。

「夕蓮は悪に決まってる」

鍠牙はぎりと歯嚙みして、玲琳を拒むように断言した。

「骸がそれを証明してみせるさ、どんな手を使ってでもな。俺はあの女を殺すんだ。それでようやく終わるんだ！」

玲琳は怒鳴る鍠牙を放って立ち上がった。

「王宮へ戻るわ」

「俺を連れ戻すのは諦めたのかよ」

「夕蓮を守らなくては。どうせ出来はしないけれど、万が一骸が早まって夕蓮を殺したりしたら、お前はもう本当に取り返しがつかなくなるからね」

するとと鍠牙は微(かす)かに不愉快そうな表情を見せた。そういう顔をするとますます幼くなる。

「お前も志弩も、同じようなことを言うんだな……」

「私はあの男ほど優しくないわ。ここで少し待っていなさい。お前の考えていることがいかに愚かで的を外れているか教えてあげるわ。心を真っ二つにへし折って、私のもとへ引きずり戻してあげるから」

挑発的なことを言う玲琳を見返し、鍠牙はしばし思案するように黙り込んだ。そして再び口を開く。

「……いいぜ、お前の言う通りにしてやるよ。夕蓮が悪ではないとお前が証明出来たなら、俺はお前のものになってやる」

「へえ……いい提案ね。その言葉、覚えていなさい。言っておくけれど、お前に勝ち目はないわよ。私は本当のことを知っている。あの女は——夕蓮は——蠱師の血に誓って悪ではない」

そう断言し、玲琳は背を向けて部屋を飛び出した。

辺りを見回しながら妓楼の中を駆けていると、苛々した様子の志弩と鉢合わせする。

「おい、何で勝手に動いてるんだ！　鍠牙がどこにも……」

「私が乗ってきた馬車はどこ!?」

玲琳は片手で志弩の胸ぐらをつかみ、鋭く問いただした。

「どうした？」

玲琳の様子に異変を感じたらしく、志弩は声を低める。

「骸は夕蓮を殺すために出かけたのだそうよ」

途端、志弩の顔色が真っ青になった。

「夕蓮が悪であることを証明するですって？　そんなことをすれば地獄を見ることになるわ、夕蓮は悪などではないのだから。あの男たちはそれが分かって……」

玲琳が話している途中で、彼は踵を返し走り出した。

「待ちなさい！」

玲琳はすぐさま後を追う。志弩の足は速かったが、玲琳はどうにか見失うことなく妓楼の外まで追いかけることができた。

外はもう日が暮れて、夜の帳が下り始めている。妓楼の外、暗がりの中に、玲琳の乗ってきた馬車がひっそりと隠されて停められていた。

志弩は驚く御者を無視して馬車から馬を外し、裸の馬に跨る。玲琳は彼が馬を走らせる直前、慌てて駆け寄り近くの石垣を踏んで志弩の後ろへ飛び乗った。

「振り落とすぞ！」

脅しと心配の中間地点に位置することを言われ、玲琳は彼の帯のあたりを摑んでふんと笑った。

「やってみなさい」

言いながら馬の腹を蹴る。馬はその合図を受けて勢いよく走り出した。

志弩は驚いたように後ろを向く。

「何だあんた……斎は騎馬民族の国だったかよ」

「私は生き物なら大抵得意よ。お前の方が振り落とされないようにね。私まで一緒に落ちてしまうわ」

志弩の帯を摑んでいる玲琳は案じるように言いつつも、合図を繰り返して馬を走らせる。馬は玲琳の合図を的確に受け取り、どんどん速度を上げていった。

辺りはすっかり暗くなり、妓楼の立ち並ぶこの一角には人がぞろぞろと集まっていた。そんな人々を蹴散らし、玲琳は馬を駆る。

雪を蹴散らしながら夜の街を馬で駆ける男と妓女に、人々はざわついた。

「妓女と客の駆け落ちだと思われているかしら？」

玲琳は後ろから軽口を叩いたが、志弩はそれに乗ってこなかった。彼はそんな余裕などないらしく、全身を強張らせて緊張している。

「お前も夕蓮を心配しているの？」

夕蓮はこの男の心も奪ってしまったのかと玲琳は疑った。そもそも、この男が夕蓮に会ったことがあればの話だが……

「……夕蓮様を殺させるわけにはいかないんだよ、何があってもな」

「何故？」

「……あんたは十六年前のことを知ってるか？　十六年前、俺はあの人を暗殺しようとしたことがある。鍠牙に頼まれて、あいつと一緒に……」

志弩はそんなことを言い出した。

十六年前――その数字に玲琳は覚えがあった。夕蓮が、愛した男と駆け落ちしようとした年だ。

夕蓮を悪ではないと信じ、彼女と駆け落ちして、殺された――鍠牙の師。

「そこで何があったの？」

「………………あの人に手出ししちゃいけないんだということを思い知らされた。この世に本物の化け物がいるってことを……あの夜、俺は知ってしまったんだ」

志弩の体は冷たく震えていた。

舞い落ちる雪の中、馬は王宮への道を全速力で駆けてゆく。

それよりしばらく前のこと――

骸は王宮を囲む塀の上に立って、暗い夜の庭園を見下ろしていた。見張りはいる。しかしそれに気付かれぬよう動くことは、そう難しいことではなかった。

「葎、ここでおとなしくしててくれ」

肩にとまっている金色の鶏蟲に囁きかける。さすがにこんな目立つものを連れていては、すぐに見つかってしまうだろう。

蟲師は怖くない。優れた武人ともやりようによってはいくらでも戦える。骸が何より避けたいのは、単純な数に物を言わせた人海戦術だ。単純に言えば、百人の剣士に囲まれれば逃げるしかないということだ。もちろん鶏蟲を使えば千人の人間すら傀儡(かいらい)にしてしまえるが、力を使えば使うだけ鶏蟲は蓄えた血を消費してしまうから、可能な限り標的以外の人間とは戦いたくなかった。

鶏蟲は骸の意思をくんで肩から下り、塀の上にとまってじっと小さく蹲る。

骸は鶏蟲の背を撫でて、音もなく庭園へと降り立った。雪に覆われた庭園を、骸は影のように進んでゆく。

夕蓮という蟲師が暮らしているのは後宮の庭園の外れにある離れだと聞いている。

教えられた通りに庭園を進み、すぐにその離れは見つかった。

この寒い中、見張りが一人立っている。ご苦労なことだと思いながら、骸は音もなく近づくと、男の首に手刀を叩きこんだ。見張りは不審者の接近に気付くこともできず意識を失った。

見張りの懐から鍵を奪い、離れの戸を開く。気絶している見張りを中へ引きずり込んだのは、凍死しないようにというささやかな気遣いだった。

離れの奥へと入ってゆく。すぐに部屋の戸があって、骸はそこに手をかけるとゆっくり開いた。

畳の敷かれた部屋の中に、一人の女が座っていた。

女は戸が開いたことにすぐ気づき、柔らかな動作で振り返る。

大きな目が驚いたように見開かれ、ぱちぱちと数回瞬いた。

「だあれ？」

甘美な声が夜の静寂を揺らし、骸の耳に届いた。この世のものとは思えないその美貌を目の当たりにした瞬間、骸の全身に鳥肌が立った。

化け物なら知っている。骸を育てた飛国の蠱師一族の族長は、残忍極まりない正真正銘の化け物だった。

その商売敵ともいえる、斎帝国の蠱毒の里の里長にも会ったことがある。あれもまた、比類ない毒を扱う最恐最悪の化け物だった。

だが――目の前の女はそのどちらとも違っていた。

これが野良の蠱師……？

毒を扱う蠱師にはとても見えない。

ただただ美しく、どこまでも無力で、何者からも守ってやらねばならない儚く可憐なその姿……穢れた部分など爪の先ほども感じられない。

清浄と絶美を同居させた女――

これは……本当に人間か……？

雪の降りしきる冬の空気の中、骸の額には汗が流れた。

ばくばくと心臓が痛いほどに打っている。

一目姿を見ただけだ。一言声を聞いただけだ。

ただそれだけで、骸は確信してしまった。

これは――何があっても殺さなくてはならない。

こんなモノをこの歳まで生かしておいた、この国はどうかしている！

「息子の使いだ。お前を殺しに来た」

骸は感情を押し殺して冷たく告げた。

本当は会話もせずに殺してしまうべきだと、頭の中で警鐘が鳴っていた。だが、それはできない。鍠牙を味方にするためには、この女が悪であることを示さなくてはならない。人外とも言える女にそんな証明がいるものかと怒鳴りたいような気がしたが、それでも必要なのだ。鍠牙が蠱師を滅ぼす、その理由を与えるために。

骸は土足で畳を踏み、夕蓮に近づいた。

するとその歩みを阻むかのように、どこからともなく四匹の猫が飛び出してきて、夕蓮を庇うように立ちはだかった。毛を逆立て、牙を剝いて威嚇している。

これが猫鬼だということは調べていた。

夕蓮が無自覚に支配してしまった蠱。

蠱が——天敵である骸の前に立ちはだかっているのだ。骸に傷一つ負わせることはできないだろうに……それでも主を守っている。普通の蠱ではありえない……いや、主である夕蓮の方が、普通の蠱師ではないのか……

「あなた、鍠牙のお友達？」

夕蓮はぱちぱちとまばたきしながら聞いてきた。

その声に背筋が凍る。これ以上聞いてはいけない声だという気がする。

「ねえ、鍠牙が十七歳になっちゃったって本当？」

「……知ってたのか。ああ、俺がやった」

この女の顔を歪めたい——その一つ事だけで骸は答えた。けれど夕蓮の顔は歪むどころか美しく微笑みさえした。

「ふうん、そお……あなたって悪い子なのねえ。もしかして鍠牙は、あの夜のことを思い出しちゃったの？」

あの夜——その言葉が意味するものを、骸は一瞬で悟った。骸が悟ったことを夕蓮も悟った。

「そうよ、譲玄が死んだ夜のことよ」

今すぐ殺してやりたい……焼け付くように切望する。それを抑えて骸は答える。

「あいつはその時の記憶がないと言ってる。だから何があったのか知りたがってる。あいつは……お前が悪かどうかを知りたがってる」

その言葉を聞いた途端、夕蓮は目を真ん丸にした。

「私が悪かどうか……？　なあに、それ？　そんなこと知ってどうするの？」

「お前が悪ならお前を殺す。鍠牙はそう言ってる。お前という存在をこの世に生み出した蠱師全てが同罪だ。この世から蠱師を滅ぼすんだよ」

骸はみしりと音を立てて夕蓮に近づいた。このまま剣を抜き、首を落とすべきだ。そうすべきだ。そんな思考が頭の中を駆け巡る。

夕蓮は無垢な瞳で骸を見上げている。

「蠱師を？　全員？　殺しちゃうの？」

「ああ」

「ふうん……おかしなこと考えるのね」

「そうさ、俺たちはおかしくなったんだ。お前らがそうしたんだ」

憎しみに意識が染まっている——という感覚でもなかった。それよりもっと静かで暗く、絶望的だった。

どこまで殺せば、自分は元に戻れるのだろう？　そもそも、何のために戻ろうとしているのだろう？

考えてしまうと、心は底なし沼に沈んだ。

だからせめて、目の前のこの女を殺したい……

それは不思議な感覚だった。骸は人を殺したいと思ったことはない。殺すことは手段であって、目的ではない。

なのに何故、自分は今目の前のこの女をこんなにも狂おしいほどに殺したいと欲しているのだろう。

暗黒に沈んだ意識が突如軽やかな笑い声で引き戻された。夕蓮が、この世のものではないような美しさで笑っていた。

「いいわよ、何があったか教えてあげる」

あっさりとそう言われ、骸はいささか面食らった。

志弩があそこまで頑なに口を閉ざした十六年前の出来事――それをこうも容易く聞き出せるとは思っていなかったからだ。

夕蓮はいたずらっぽい眼差しで続けた。

「知りたければ、私をここから攫ってちょうだい。鍠牙の所へ連れていって。そうすれば分かるわ。きっと、あなたたちはあの日と同じものを見ることになるわ」

甘い声が耳朶を打つ。白絹のごとき手が優美に差し出される。

骸はほとんど反射的にその手を取っていた。

にゃあにゃあにゃあにゃあにゃあにゃあ

部屋の端に逃げていた猫鬼たちが必死に鳴いている。夕蓮は人差し指を口に当てて猫鬼たちを黙らせる。

「さあ……私をここから攫って……私の言う通りにここから逃げて」

握られたその手の柔らかさに骸は身震いする。

自分は今、してはならないことをしようとしている――そんな予感がした。

玲琳が去った妓楼で、鍠牙は呆然と座り込んでいた。

本当に……どうして自分はあんな女を娶ったのだろう。

放心したままそのことを考え続ける。

女の趣味が悪いにもほどがあるだろう。

あれほど凶悪な女に、鍠牙は会ったことがなかった。許嫁の明明も随分な女だったが、あれは筋を通す女だった。正義感が強く、情に厚く、人の話をよく聞いた。

だが玲琳という女は……正義とは縁遠く、残忍で、人の話をおよそ聞かない。

本当に十六年後の自分は何を考えていたのだろう？

しかし……確かにあれほど強い女に支配されてしまえばきっと楽だろうなと、そんな考えも頭をよぎるのだった。

それにしても、さっきから体が変に痛む。全身の肉や骨が、奇妙に痛んでいる。特に右腕が痛んだ。ズキズキと痛む右腕を見下ろすと、突然手首の肉が裂け、そこから血が噴き出してきた。

ぎょっとし、慌てて傷口をきつく押さえる。血は不思議とすぐに止まった。後には生々しい傷痕だけが残った。

ぐらぐらと眩暈がする。自分の体に何が起きているのか分からず、鍠牙は現実を遠ざけるように目を閉じた。

霞(かす)む意識の中——鍠牙は暗黒の世界に放り込まれた。

雪原に佇み、手には剣を握っていた。

雪の明かりを映す白刃からは血が滴っている。

傍らには、恐怖に震えて座り込む友の姿がある。

そして目の前には……血に塗れた肉塊が転がっていた。

悲鳴と泣き声が雪の中に響く。

呆然と佇む鍠牙は強い力で肩を引かれ、剣を取り落とす。

『忘れろ』

厳しい声が脳天を打ち、傍らには父が立っていた。

『お前は何もしていない。お前はここに来ていない。今日の出来事を覚えていることを禁ずる』

父は再びそう命じた。

力なく頷いた鍠牙から手を離し、父は遺体のそばでぼんやりと座り込んでいた女の腕をつかんだ。

『どうして来たの？』

彼女は聞いた。

『お前に愚かなことをさせないために』

『うふふ、少しだけ遅かったわねえ……あなたはいつも、遅いわね』

女は妖しく微笑みながら立ち上がった。そして鍠牙の方を向いた。その目を見ていられず、鍠牙は逃げた。

あまりに恐ろしく、耐えきれず、悲鳴を上げながら――

「起きて！　起きて！」

バシバシと頬を叩かれ鍠牙は目を覚ました。

ほんの少し目を閉じたつもりが、眠ってしまっていたようだ。いや、気を失っていたというべきなのかもしれない。

覚醒し、目の前の光景にぽかんとする。

幼い少年と少女が鍠牙を心配そうに覗き込んでいたのだ。

非常に顔立ちの整った幼子たち。質の良い衣装。最近同じような子供たちを見た気がするが、鍠牙は彼らからすぐに目を逸らしたので顔をほとんど見なかったし、そもそもこんなところにあの子らがいるわけはないから、人違いに決まっている。

そして何故だか、二人の傍には黒い仔犬がちょこんとお座りしていた。

この妓楼に売られてきた子供たちだろうか？　この幼さであまりに気の毒な身の上だと、鍠牙は瞬間的に同情心が湧いた。

「ねえ、大丈夫？　怖い夢を見たの？　初めてお会いするお兄様」

「だいじょうぶですか？　みずしらずのお兄さん」

妙に初対面を押し出してくる幼子たちに、鍠牙は軽く笑いかけた。

頭の中はさっき見た夢で埋め尽くされ、それを振り払うために叫びだしたい気持ちでいっぱいだったが、無関係な幼子たちの瞳が鍠牙にそれを思いとどまらせた。

「驚かせて悪かったな、別に心配することはねえよ。お前らはここの子か？」

裏街の悪ガキどもを相手にした時のような口調で問いかけると、幼子たちは何故かびっくりして顔を見合わせた。

動きがよくそろっていて、きょうだいなのだろうと思えた。

「違うわ。お母様を追いかけてきて迷っちゃったのよ」

その答えは少なからず鍠牙を安心させた。売られたわけではないのだ。他に売られる子供は数えきれないほどいるだろうが、少なくとも目の前の幼子たちが売り買いされたわけではないということに何となく救われたような気がした。

「お兄さんはここでなにしてるんですか？」

「ん？　……何だろうな……悪巧み？」

「お兄様は悪い人なの？」

少女がつぶらな瞳で問いかけてくる。

鍠牙は口元を引きつらせ、この場から逃げ出したいような気持ちがした。

悪い人――その言葉が重たく鍠牙を押しつぶす。

「ああ……悪い人だよ。こんなところでうろうろしてると食っちまうぞ！　嫌ならさっさとお母さんの所に帰りな」

　取り繕って怖い顔を作ってみせると、幼子たちはまた驚いた顔をして、可笑しそうに笑いだした。鈴を転がすような甲高い声が耳に心地よい。自分とは別世界の生き物のようだと感じる。

「お兄様は？」

「うん？」

「お母様の所に帰らないの？　お父様」

　少女がそう呼んだ途端、傍でお座りしていた黒い仔犬が牙を剝いた。

　父と呼ばれた衝撃で、鍠牙は身動きすることができなかった。

　仔犬はみるみるうちに巨大化し、大きな口を開けて鍠牙を飲み込もうとした。しかしその牙が鍠牙に届く直前、部屋の扉が勢いよく開かれた。

「黒！　やめな！」

　叱りつけたのは由蟻だった。

　黒い犬はびくりと怯え、しゅるしゅるとその体を小さく縮める。何故か異様に由蟻を恐れている風だ。

「なに勝手にいなくなってるんだよ、鍠牙。すげえ捜したよ。俺のこと捨てていなくなったかと思っただろ！」

じろりと睨みつけ、視線を移して幼子たちを見やる。

「ちびっこがうろついてると思って跡つけてみたら……火琳、炎玲、お前ら何しに来たの」

「お父様を連れ戻しに来たのよ！」

「ふーん……ここにいるお父様は、お前らのことなんか覚えてないけど？」

由蟻は挑発したが、少女はまるでひるまなかった。

「知ってるわよ、蠱術で若返っちゃったんでしょ？　お父様ってば迂闊なんだから」

当然とばかりに言われ、由蟻は面白くなさそうに目を細めた。

「へーえ、知ってるんだ？」

「当たり前だわ。大人って色々隠してるつもりみたいだけど、だいたい全部見えてるのよね。あんまり子供を舐めないでよね」

女王のような貫禄（かんろく）。とても幼子には見えない。

「お母様が解蠱薬をつくってたから、すぐもとのお父様にもどるよ」

少年も利発そうに言い添えた。

それらを眺めていて、鍠牙は吐き気がした。

この幼子たちは、王宮で会ったあの子供たちだというのだろうか？

つまり……自分の子……？　その想像にぞっとする。

こんな子供たちは知らない。これが自分の血を引いているなんて信じられない。

「お父様、帰りましょう！」

「お父様、お母様がまってますよ」

幼子たちは真剣な顔で鍠牙に手を差し伸べてくる。

しかし鍠牙はとてもその手を取ることはできなかった。

悪い人なのかとこの子たちは鍠牙に聞いた。悪い人なのだと鍠牙は答えた。この子供たちは鍠牙が悪い人だと知っているのだ。自分の子に、自分が悪だと知られた——

そのことに気付き、血の気が引いた。

「ダメだって言ってるじゃんか」

鍠牙の代わりに由蟻が言った。

「邪魔するならこうしてやる」

由蟻はにやりと笑い少年少女を捕まえた。


「もうすぐ着くぞ！」

馬を駆りながら志弩が言った。

その帯を摑んでいた玲琳は、ようやく着くかと深呼吸した。何故だろう……さっきから体が変に熱い。鼓動も呼吸も速く、妙に意識がぼんやりしていた。

いや、しかし今はそんなことを気にしている場合ではない。

鍠牙が夕蓮を殺すようなことがあれば……彼にかけられた術を解いて元に戻ったとしても取り返しがつかないことになる。少なくとも夕蓮の殺害は、鍠牙が正常な状態で行われるべきことなのだ。

そう考えて苦笑する。そもそもあの男に正常な状態などあるわけがないのだった。

体が熱い……振り落とされないよう志弩の体に手を回した。なんだか不思議だ。この男はこんな大きな背中をしていただろうか……

王宮の門までたどり着くと、立ち並ぶ衛士の先頭に厳めしい表情の利汪が仁王立ちしていた。

「よし、着いたぞ！」

志弩は馬を急停止させた。その衝撃で玲琳の纏う衣がずるっと肩から落ちた。胸元がはだけてしまったが、玲琳にはそれを整える余裕もなかった。

「利汪！　今すぐ夕蓮の様子を見に行きなさい！」

熱くぼやけた頭で玲琳は叫んだ。しかしその声を自分で聞き、違和感に眉を顰める。

声が変だ……いつも聞いている自分の声ではない……？

ふと見ると、利汪が愕然とした顔で玲琳を見上げていた。

「お……お妃様……なのですか？」

「何とぼけたこと言ってんだ？　利汪」

志弩が怪訝に言いながら玲琳を振り返る。そして彼はぽかんと口を開け、ずるりと滑って馬から落ちた。

「え!?　大丈夫？」

玲琳は反射的に手を伸ばし、自分の手を見て目が点になる。

手が……小さい。よく見てみれば、着ているものもありえないくらいぶかぶかだ。

玲琳が自分の手や体を見下ろしぱたぱた触っていると、地面に落ちた志弩が信じられないものを目の当たりにしたように玲琳を見上げた。

「おい、あんた……子供になってるぞ」

「…………冗談でしょう……？」

呆然と呟いた次の瞬間、突然割れんばかりに頭が痛んだ。

甲高い金属音が頭の中で鳴り響く。呻き声をあげながら体を傾がせると、自重を支えきれずに馬から滑り落ちてしまった。志弩と利汪の慌てた手に受け止められ、玲琳は意識を失った。

第四章　旅路

真っ暗闇の中に、血色の鎌が揺れている。

玲琳は漆黒の中、それを見上げた。

人の首など一撃で落とせそうなほどの鎌を持つ、巨大な血色の毒蟷螂。

全身が粟立ち、腹の底から震えあがった。

――我を望むか――

頭の中に声が響いた。何故か蟷螂の言葉だとすぐに分かった。

『あなたは……鎴牙に巣くっていた懐古の術……？』

問い返した玲琳に、蟷螂は答えなかった。

よく見ると、足元にはまん丸い卵のようなものが無数に転がっている。それぞれ色が違い、黒い空間を奇妙に彩っている。

一番近くに転がっていた透明な卵を、玲琳は何気なく拾い上げた。無数にある卵の中、それが一番玲琳の目を引いたのだ。何故ならその卵だけが半分欠けていた。

淀みなく、透明で、美しく……毒々しい卵。

『これは……鍠牙？』

呟いた瞬間、確信した。これはこの蟷螂が鍠牙から奪った『時』だ。

足元に転がる無数の卵は、全てこの蟷螂が人から奪った『時』なのだ。

懐古の術は、時を奪って強い蠱を作る術。

卵は全て、蠱の強さの証――

その卵の中に、一際黒く異彩を放つものがあった。

玲琳が手を伸ばすと、それは転がって逃げた。

『これは……私だわ』

もう、理解するしかなかった。

この蟷螂は、鍠牙から玲琳にとりついたのだ。

蠱師である玲琳にとりつき、呪い、時を奪った。

何という蠱術……何という力……！

『私の過去と未来を奪ったのね？　術者から鍠牙を呪うよう命じられたのではないの？　それなのにどうして私に？』

――我を望むなら示してみせろ――

強固に言われ、玲琳は目を眇めた。

『あなた……自分が欲しければ主としての資質を示せと言っているの？　私に、自分を捻じ伏せてみせろと言っているの？』

いったい何なのだろう、この蟷螂は……

この蟷螂を生んだ術者がこれを意図していたとは思えない。この蟷螂は、術者の手を離れ、自ら玲琳を主に選ぼうとしている……？

だとしたら、蟲とは思えぬほど知能が高い。

――示してみせろ――

蟷螂は再び言う。

『へえ……あなた、なんて素敵なの。あなたみたいな蟲は初めてよ』

どくんどくんと胸が高鳴る。凶暴な笑みが口の端に上る。

『いいわ、あなたを望むわ。私のものになりなさい』

玲琳はぶつりと指先を噛み切った。

血の滴る指を差し出す。

『この血は蠱師の血……蠱毒の里の次代の里長の血よ……さあ……どこまで抗えるか見せてちょうだい』

艶然と誘いかける玲琳に、毒蟷螂は鎌を擦り合わせて危険な金属音を鳴らした。

「ねえ、子供をこんな風に手荒く扱うなんて恥ずかしいと思わないの！」

夜の妓楼で、由蟻に無理やり拘束された双子は身動きも取れずにいた。

幼子に対する仕打ちとしてはあまりに酷と言えよう。その場から一歩も動くことはできず、虜囚の身となり果てていたのである。

そんな双子を見て由蟻はぷぷっと笑った。

「何が可笑しいのよ！」

火琳は甲高い声で怒鳴りながら暴れた。しかしろくに体を動かすことはできない。

火琳と炎玲は、それぞれ大きな布に体をすっぽり包まれて、首のあたりでキュッと縛られ茶巾絞り状態にされているのだった。

二つの茶巾絞りを見下ろして由蟻はニヤニヤ笑っている。

火琳は完全に頭に来ているらしく、かっかと頬を上気させてあれこれ罵詈雑言を浴びせるのだが、由蟻は屁でもないというように笑っていた。

「由蟻、僕らはともだちじゃなかったの？」

火琳よりはずいぶん落ち着いている炎玲が、あどけない瞳で問いかけた。

すると由蟻は双子の目の前にすとんと座った。

「え、友達だよ。すげえ友達だよ。俺、お前らのこと好きだし」

「じゃあどうしてこんなことするのさ」

「だって……鍠牙の邪魔をされたら困るだろ」

と、由蟻は部屋の反対を振り向く。

そこには鍠牙が大儀そうに座っている。床に座り込んで壁に背を預け、立てた片膝にぐったりと頭を乗せている。

「お父様は今、術でおかしくなっちゃってるの。元に戻ればこんなことなさらないわよ。分かったらさっさと解放しなさい！　何だってこんな風に拘束するのよ、かっこ悪いじゃないの！」

火琳の茶巾絞りはぷんすか怒りながら文句を言った。

そんな火琳を見て、由蟻はまた吹き出す。

「可愛いじゃん」

「馬鹿にして！」

「馬鹿にはしてないって」

と、また笑う。

「ふざけてないでほどきなさいよ!!」

火琳が一際大きく声を張ったその時、

「うるさい！」

鍠牙が突然怒鳴った。

茶巾絞りはびくりと跳ねた衝撃で転がり、由蟻も飛び上がって硬直した。

地獄の底から這い出してきたようなどす黒い顔色の鍠牙が、少年と双子を冷たく見やる。

「耳障りだからしゃべるな」

一言命じる。

三人はしばしそのまま動けず、部屋の空気は完全に凍り付いた。極寒の空の下へ放り出されたかのような冷たさ……

その凍てついた空気が突如ひび割れ、部屋の扉が開いた。

「戻ったぞ」

言いながら骸が入ってきた。そして彼の手には、この世のものとは思えぬ美貌の女が捕らえられていた。

瞬間、部屋の中に星屑（ほしくず）がちらちらと舞い落ちたかのような錯覚を誰もが覚えた。

骸はその女――夕蓮を部屋の中央へ放り投げた。華奢な体が頼りなく床に倒れる。

何故か彼女の頬には殴られたような痕があった。

「お望み通り攫ってきた……何だそれ」

骸は転がる茶巾絞りに気付き、ぽかんとした。

「どこから拾ってきた」

「鍠牙の子供」

解凍した由蟻が倒れた茶巾絞りをつつきながら端的に説明した。

「へえ……お前らが……」

骸はどことなく感心したように目を見張った。

そこで鍠牙が立ち上がった。荒い足取りで部屋を突っ切り、茶巾絞りの襟首の結び目をむんずとつかんで持ち上げた。

「お父様!?」「鍠牙?」「何だ？　どうするつもりだ？」

口々に問われ、鍠牙はじろりと彼らを睨む。

「これがあると邪魔だ」

冷たく言い、部屋から出て隣の部屋へ二つの茶巾絞りを放り込むと、再び部屋に戻ってくる。

「ガキどもに聞かせたくないのか？　そうだな、これからここで酷いことが行われるかもしれないからな」

「どうでもいいだろ、邪魔だっただけだ。で？　お前は俺を納得させられるだけの真実を差し出せるのか？」

鍠牙は低い声で脅すように問いただす。骸は足元の夕蓮に目を向けた。

「ああ、この女は本当のことを教えるそうだ」

それを聞いて鍠牙はぐっと目を細めた。

「なあ、俺は正直、お前たちの良識を疑ったよ」

骸はくっと皮肉っぽく笑い、夕蓮を睨んだ。

「何でこんなモノをずっと生かしておいたんだ？　どう考えてもこれは、生かしておいていいモノじゃないだろう。蠱師がこんな怪物を生み出す血脈なら……やっぱり蠱師なんてものは滅ぼすしかないな」

「否定はしない」

鍠牙は静かに同意した。

夕蓮は何も言わず、星の輝きを宿した瞳で彼らのやり取りを見守っている。

骸は座り込む夕蓮の髪を摑み、顔を上げさせた。

「さあ、約束通り答えてもらおうか……十六年前に何があった？」

「痛いわ……放して……」

夕蓮は泣きそうな声で訴えた。しかし骸は放さない。

「十六年前、お前は男と駆け落ちをした……その時に、何があった？」

髪を引っ張り問いただす。

「お前の息子はそれを知りたいと言ってる」

夕蓮は目の前の息子を見上げた。

「ねえ鍠牙、それを知ってどうするの？」

「あなたが何者かを知りたい。あなたが悪なのか……そうじゃないのか。罰せられるべきなのかどうなのか」

するとタ蓮は髪を摑まれたままうっすらと笑った。

「お馬鹿さんね。私はこんなに悪いことをしているんだから、悪者に決まってるわ。悪者には罰を与えるべきよ」

しかし鍠牙は少しも納得しなかった。

「あなたは自分を悪だというのか……だが、お師様はあなたのせいじゃないと言ったんだ。あなたは何一つ悪くないと言ったんだ。あの人は俺に絶対嘘を吐かなかった。なのに何で、あの人はあなたの傍で死んだんだ！」

夕蓮はふと真顔になる。

「本当のことが知りたい？」

「っ……ああ、お師様は何で死んだ？」

「盗賊に殺されたのよ」

「嘘だ」

「どうして嘘だと思うの？」

その問いに鍠牙は何故か答えない。

夕蓮は少し考え、その答えを見つけ出した。

「ああ……あなたはもしかして、こう聞きたいの？　お師様を殺したのはお前なのか
――って」

そして一考し、

「そうねえ……いいわ、教えてあげる」

聖女の微笑みをたたえ、夕蓮は己の胸にそっと手を当てた。

「あなたが思ってる通りよ。譲玄を殺したのは私。私が彼を、殺したの」

その答えを聞き、骸は夕蓮を解放した。乱れた髪が彼女の頬にかかり、それは彼女を妙に艶（なま）めかしく見せた。

「楊鍠牙、これで満足か？」

骸は冷ややかに夕蓮を見下ろしながら確認する。

「この女は悪だ。殺すべき存在だ。蠱師なんてものは、この世に存在しちゃいけないんだよ」

すらりと白刃を抜く。が――

「……嘘だ」

鍠牙が無機質な声で呟いた。

「なあに？　何が嘘なの？」

「……俺は覚えてる……いや、ついさっき思い出した……。あの夜……雪の中で……剣を握ってたのは俺だった。雪が……真っ赤に染まって……俺の前でお師様は血を流して惨殺されてた」

あえぐようなその言葉を聞いた夕蓮の表情が変わった。

「鍠牙……覚えてるの？」

夕蓮ははっきりと驚きの表情を浮かべていた。

鍠牙は血の気の失せた顔を引きつらせ、かすかによろめいた。

「あなたは悪だと、ずっと思ってた。だけど……本当は違うのか？　お師様の言葉は正しかったのか？　あなたは何も悪くなかったのか？　あなたはあの夜、全部見ていたんだろう？　全部覚えてるはずだ」

そこで鍠牙の言葉は一瞬途切れた。しかし彼は震える唇を開き――聞いた。

「答えてくれ……お師様を殺したのは……俺なのか……？」

室内はしんと静まり返った。独り言のような問いかけに、夕蓮は白々とした眼差しを返す。

「ねえ鍠牙、あなたは私に何て答えてほしいの？　本当は何て言ってほしいの？　残念だけど、本当のことは一つしかないわ。私は正真正銘の悪者よ」

「母上、どうして逃げようとする？」

鍠牙がぞっとするような声で問うた。

「あの女は……あなたの友達の玲琳とかいう女は、あなたを悪ではないと言ったぞ。あの女も嘘を吐いたということか？」

その言葉を聞いた途端、夕蓮はぴたりと動きを止めた。不意に瞳を揺らし、泣き出しそうな顔になった。妖艶な聖女が、どこにでもいるただの女に変わる。

「そう……玲琳がそんなことを言ったの。……酷い人ね。あの子はいつだって私に優しくないんだから……」

声が震えたが、その瞳から涙が零れることはなかった。

「私は私を、悪者だって信じてた。ずっとそう思ってきたの。だけど……玲琳から見るときっとそうじゃないのね。あの子はいつだって、真実を見てるんだわ……」

「やっぱりあなたがお師様を殺したんじゃないんだな？」

鍠牙の問いかけに夕蓮はもう答えなかった。

「何を隠してる？　あのとき剣を持ってたのは俺だった。お師様を殺したのは俺なんだろう？　俺はどうして、お師様を殺したりしたんだ？　あなたは確かにあそこにいた。あの夜あの場所で、いったい何があった？　お願いだから答えてくれ」

鍠牙がいくら懇願しても、夕蓮はもう眉一つ動かすことはなかった。

しびれを切らした骸が彼女の襟首を掴んで床に引き倒した。

「面倒な女だ。言わなければ指を一本ずつ落としていくぞ。言っておくが、俺はお前を痛めつけることに躊躇はしない。お前に籠絡されるには、蠱師というものを憎みすぎているんだ」

夕蓮はその脅しに反応しなかった。変にぼんやりしていて、ここにいない誰かのことを考えているようだった。

「聞いてるのか、お前……」

不快をあらわにした骸を押しのけ、由蟻が手を挙げた。

「なあなあ、拷問なら俺がやってやろうか？　俺はそういうの上手いよ」

「お前はやりすぎて殺しちまうだろ、由蟻」

骸は由蟻を押しやり、再び夕蓮を押さえつける。

「蠱師の素質を持ってる女には自白剤も効かないからな、肉体を痛めつけて聞くしかない。死ぬ前に吐いてくれ」

骸は夕蓮を見据えて白刃を突き付けた。その時――

「バッカみたい」

幼い声が室内に響き、大人たちは声のした方を振り向いた。入口の隙間から、火琳と炎玲が縦に並んで顔を覗かせていた。幼く丸い顔だけが見えている様子は、重なった饅頭めいている。

「お前ら、どうやって出てきたんだよ」

由蟻が驚いたように聞く。彼らは茶巾絞りにされていたはずだ。

「お父様が首のところを緩めていってくれたから、暴れたら解けたわ」

茶巾絞りから饅頭へと進化を遂げた火琳はふふんと笑う。

「おい鍠牙、ガキを甘やかすといいことないぞ」

由蟻が頬をふくらませる。鍠牙は苦い顔で黙っている。

「さっきからずーっと見てたけど、できもしないこと言い合って、男って馬鹿ね、ほんと馬鹿」

王女の高慢な物言いに、男たちは唖然とした。

「お嬢ちゃん、この女を庇いたいのか？　やめとけ。お前さんは一番の部外者で、何も分かってない赤ん坊だ。あまり不用意なことは言わないほうがいい。悪い男が集まって悪巧みをしているところでは特にな」

骸は跪く夕蓮の傍に剣を突き立てた。

「外へ出てろ。帰りたいなら母親の所へ帰れ。こんな小さいガキに血腥いものを見せるのはいい気がしない」

「気遣いは無用よ、どうせお前には無理なんだから」

凶器を携えた男の恐ろしい物言いに、しかし火琳饅頭は間髪を容れず断言する。

骸はたちまち渋面になる。それでも饅頭――もとい火琳は眉一つ動かさない。

「お前は自分で、気づいてないの？　ねえ、お前はここへ来てからずっと、おばあ様のことしか見てないのよ。本当に気づいてないの？　憎いとか殺すとか、そんなこと言いながら、お前、おばあ様から目を離せなくなっているじゃない。おばあ様を殺すことしか考えられなくなってるなら、おばあ様に心酔してる女官たちと何にも変わらないわよ」

火琳が指摘した瞬間、骸は凍り付いた。

「やっぱり自覚なかったのね。バッカみたい」

火琳は偉そうにふんぞり返る。

「強い言葉を使って脅したって、剣を振り回してみたって、お前には何もできないわよ。お前はキャンキャン吠えながら棒っ切れを振り回してる男の子とおんなじ。ほんと男って馬鹿で幼稚なんだから」

高慢な饅頭の上段に、下段がそっと言葉をかけた。

「ねえ、火琳。そういういいかたってよくないとおもうな。そういうの、だんじょさべつっていうんだよ」

「何よ炎玲、気取ったこと言っちゃって」

「男だからバカになるってわけじゃないよ。ひとを好きになるとさ、みんなちょっとバカになっちゃうんだよ。おばあ様は魔性の女なんだって、お母様がいってたでしょう？」

「違うわよ、お母様はおばあ様を、魔性の聖女って言ったのよ。気を抜いたら、みーんなおばあ様の虜になっちゃうんだから」

そこでまた火琳はじろりと大人たちを見やる。

「だからおばあ様を殺せる人なんてどこにもいないのよ！」

「はしゃぎすぎだ、お嬢ちゃん」

骸が床に突き立てた剣を抜き、饅頭と化した双子へ近づこうとした。

双子は表情に緊張を走らせ、わたわたと重なりを解き逃げ出そうとする。もっとも、幼子の足で逃げられるわけもなく、あっさりつかまってしまいそうになり――

ヴォオオオオオオオオオオオオオウ！

そこで獣が吠えた。双子が由蟻に囚われた時、彼を恐れて逃げ出した犬神が巨大化し、窓を破って飛び込んできた。犬神は天敵である骸の横を一瞬で駆け抜け、双子をばくんとくわえて瞬く間に窓から飛び出した。あっという間に見えなくなり、骸はそれを追いかけることを諦める。

逃げ出した犬神の口の中で、双子はもぞもぞと身動きする。

「火琳、おばあ様をおいてきてよかったのかな」

「平気よ、だっておばあ様だもの」

「うん、そうだよね。僕らはお母様に、おばあ様がわるいやつにつかまってるってはやくおしえよう」

「そうね、やっぱりお母様に何とかしてもらわなくちゃ。お母様ならあんな奴、簡単に蹴散らしちゃうわよ」

「だけどあの骸ってひと、お母様とお父様を飛国でさらったひとだよね。毒がきかないんでしょう？」

「それでもお母様なら何とかしてくれるわ。お母様は一番強い蠱師なんだから」

「そうだよね、そしたらお父様だってすぐ……」

そこで炎玲は口を閉ざし、唇をぷるぷると震わせた。瞳にも涙が盛り上がってくる。

「お父様……僕らのことぜんぜんおぼえてなかった……う……ひっく……うわああああん！　お父様……僕らのことをきらいになっちゃった！」

「バカ！　泣くんじゃないわよ炎玲！　お父様は蠱術でおかしくなってるだけで、元に戻ればすぐ……」

しかし火琳も我慢できなくなり、唇を嚙みしめてぼろぼろと大粒の涙を零した。

「お父様が私たちを嫌いになるわけ……ないんだからっ……うわあああん！」

わんわんと泣き出した双子を口にくわえたまま、犬神は屋根を跳躍して王宮へと向かってゆくのだった。

一方——子供たちが逃げた後の妓楼に、愛らしく艶めかしい笑い声が響いていた。捕らえられた夕蓮が——拷問されようとしていた夕蓮が——笑っているのである。

「あの子たちは賢いわねえ……あんな可愛い孫を持てて、私は本当に幸せ」

「何をのんきなことを……」

骸が渋い顔で夕蓮を睨む。その手には剣が握られている。

「うふふ、そんなことしなくて大丈夫よ。私を拷問なんてしなくていいのよ。言ったでしょう？　あなたたちはあの日と同じものを見ることになるって」

それは夕蓮がここへ攫われる前に言った言葉だった。

「じきに分かるわ。あなたたちの知りたいことはすぐに分かるわ。ふふふふふ……あの子たちが逃げてくれてよかった」

心底嬉しそうに、そして楽しそうに笑う。あまりに妖艶なその姿に、男たちはそれ以上何もすることができなかった。

「忌々しい……なんて強情な蠱かしら……」

呟きながら目を覚ますと吐き気がした。頭が酷く痛む。

玲琳はぐわんぐわんと鳴り響く頭を抱えて寝台の上に起き上がった。

「お妃様！　お目覚めですか？」

そう叫んだのは、寝台の傍に椅子を置いて座っている秋茗だった。双子のお付き女官で、もう一人の母ともいえる存在だ。そんな彼女がここにいることに違和感を覚えたが、玲琳は体調の悪さでそれ以上頭が回らなかった。

何故か部屋の外ではどたばたと走りまわる足音や、女官たちの叫び声が聞こえる。とんでもない悲劇の渦中へ放り出されたかのような心地がした。

こめかみを押さえて気持ち悪そうにしている玲琳の眼前に、秋茗がさっと鏡を差し出した。玲琳が起きた瞬間に事態を把握させられるよう用意していたのだろう。本当に聡明な女官だ。

鏡に映る自分を目の当たりにして、玲琳は呆然とした。

「ずいぶん若返ったわね……」

苦々しく呟く。鏡の中にいるのは、十歳にも届かないくらいの少女だった。無論見知らぬ少女ではない。紛れもなく玲琳自身の姿だった。

「お妃様、今がいつで、ご自分が何歳だかお分かりですか？」

秋茗は真剣な顔で問うてきた。

「八年前に嫁いで、今は二十三歳だわ。五歳の子供が二人いる。夫は現在家出中ね」

「本当にはた迷惑なご夫君ですね。いっそ離縁してお妃様が女王になられては？」

にっこり笑顔で言われ、玲琳はきょとんとした。しかしすぐに薄ら笑いで答える。

「それはいいわね。あれには私の下足番でもさせようかしら？」

「まあ、そんな冗談はさておき……陛下と違って記憶は確かなんですね。それだけでも安心いたしました」

秋茗はほっと胸をなでおろす。

「お目覚めになってすぐに恐縮ですが、異常事態です。お妃様」

「何があったの？」

夕蓮の身に何かあったに違いない。玲琳はそう思った。しかし、秋茗の答えは玲琳の想像の斜め上を行っていた。

「火琳様と炎玲様と……黒が王宮からいなくなりました」

「……なんですって？」

玲琳は啞然とした。

「本当です。どこを捜してもいないんです」

まさかあの子たち……

「私の跡をつけて鍠牙の所へ行ったの!?」

「それ以外には考えられないかと……ですが、今の陛下にお二人を預けて大丈夫なのでしょうか？　正直、私は陛下を全く信用できないのですが」

悲しいくらい同感である。

「面倒なことになったわね……」

玲琳が考え込んだところで、部屋の扉が乱暴に開かれた。

「秋茗、玲琳様はまだ……あ！　玲琳様！　お目覚めでしたか！」

焦った声で呼びながら、護衛役の風刃が駆け込んでくる。

「みんなに知らせてきます。ちょっと待ってて！」

言うが早いか駆けていくと、たちまち人を連れて戻ってきた。同じく護衛役の雷真と、側近の利汪、側室の里里が悲喜交々に玲琳の寝台を囲む。全員が鍠牙の異常事態を知る者たちだ。

神妙な面持ちの利汪が口火を切った。

「お目覚めになってよかった。ですが……まずはお聞かせください。何故お妃様まで若返ってしまったのですか？」

まったくもって答えたくない質問で、玲琳は少しばかり腹が立った。蠱師としてあまりに屈辱的なことを、自らの口で明かさなければならないのだから……

「余計な心配をかけてしまったわね。懐古の術として鍠牙に巣くっていた蠱が、私の方にとりついてしまったのよ」

玲琳は屈辱に耐え、端的に説明した。

たちまち利汪は希望が見えたと言わんばかりに狐目を見開いた。

「では、陛下の呪いは解けたのですね!?」

期待に満ちた眼差しを向けられて、玲琳はしかめっ面になった。

夢の光景を思い出す。

「……分からないわ」

それしか答えられなかった。本当に分からない。術は解けたのか否か……

別れ際、鍠牙は元に戻っていなかった。けれど、玲琳の夢に出てきたあの光景……

毒蟷螂が奪った鍠牙の『時』は、半分欠けていた。ということは……半分は術が解けている？

それを確かめたくても、玲琳の体内に巣くう毒蟷螂はまるで答える気配がない。

「本当に我の強い蠱だわ……」

玲琳は腹立たしげに……或いは嬉しげに言う。

「私はどれだけ眠っていたの？」

「一刻ほどです」

秋茗が速やかに答える。

「そう……夢の中で、一年は過ごしていたような気がする。そのあいだずっと戦っていたから、みんなの顔を見るのが久しぶりに思えるわ」

玲琳は確認するように全員の顔を順繰り見やる。

「懐古の術とやらと戦っておられたのですか？」

利汪が怪訝な顔で聞いてくる。

「正確には懐古の術を使うための蠱——と言うべきかしら？　強く美しい毒蟷螂よ。鍠牙から私にとりついて、私の『時』まで奪ったわ。術者の命令に従っているのかしらね。たぶん、私は鍠牙と同じように十六歳若返っているのだと思うわ」

「十六年前のお妃様は……七歳……？」

「おそらくそうね」

鏡で見た自分の姿から推察するにそのあたりだろう。

すると利汪は、驚愕の表情で玲琳の姿をまじまじと眺めてくる。

「蠱師のお妃様を呪うほど強い術だということですか？」

信じられないという風な側近に、玲琳は皮肉っぽく笑ってみせる。

「ええ、夢の中で長いあいだ何度も何度も戦って、それなのに少しも服従しようとしない……この蠱は、本当に強いわ。なんて忌々しくて、可愛らしいのかしらね」

蠱師の肉体が辛うじて抵抗したのか、記憶が失われなかったのは幸いだった。

本当に、考えるだけではらわたが煮えくり返る。この上ない屈辱だ。けれど自分の力が及ばない術というものは、いつも玲琳に痛みと同等の甘美な喜びをもたらす。

この強敵を捻じ伏せて、足元に跪かせてやるという喜びだ。

「こういう時に笑うのはおやめください。ご自分のことはともかく、せめて陛下だけでも元に戻すことはできないのですか？」

「できないわ」

玲琳のことはともかく――というのは失礼すぎやしないかと思いながらも即答する。

「私は今、持てる力の全てを注いで、体内に潜む全ての蠱を動員して、毒蟷螂を抑え込んでいる。気を抜けば、赤子になるまで若返らされるかもしれないし、記憶まで奪われるかもしれない。あるいは未来の時を全て奪われて死に至るかも……。それを防ぐために、私は今全ての力を使っている」

「え、それは……つまり……？」

「私は今、他の術が一切使えない」

力の全てを抗うことに使っているのだ。他の事は一切できない。

一同は絶句した。

「では、火琳様と炎玲様をどうやってお助けすれば……」

利汪が青ざめる。

「決まってんだろ、俺らで乗り込むしかねえよ。今すぐ行こうぜ」

「ああ、護衛役の我らがお助けするべきだろう」

風刃と雷真は腹を括ったらしく部屋を出ていこうとした。

その時、窓の外で異様な気配がした。その圧倒的存在感に、室内の人間たちは全員そちらを向いた。

秋茗が駆け寄って窓を開いた。すると庭園に、黒々とした巨大な犬神が立っていたのである。

驚く一同の前で、犬神は窓から口を突っ込み咥えていたものをそっと床に吐き出した。床に転がったのは二人の幼子である。

双子は目を真っ赤にして、わんわんと泣いていた。

「火琳様！　炎玲様！」

秋茗が双子の名を呼びながら抱きしめた。

「うおおおお！　二人ともよくぞご無事で！」

風刃も体当たりするかのごとく双子に抱き着く。必然的に秋茗ごと抱きしめることになり、そんな二人を見た雷真がしかめっ面で風刃の襟首を摑むと手荒く秋茗から引き離した。

「何だよ」

「別に」

雷真はふいっと目を逸らす。

解放された双子はようやく泣き止み、寝台に座っている玲琳を見てぽかんとした。

「え？　お母様……？」

「お母様だ……どうしよう……お母様がちっちゃくなっちゃった！」

びっくり仰天している子供たちに、玲琳は鷹揚な笑みを添えて話しかける。

「火琳、炎玲。まあ驚くことはないわ。見てくれが少しばかり変わったというだけのことよ」

すると子供たちはほっとした顔になる。母まで自分たちを忘れてしまったのではと不安になっていたのだろう。

「あのね、僕たちお父様をむかえにいったんだ。だけど、うまくいかなくて……」

そして二人はまた泣き出す。小さな体で抱き合い、全身から水を振り絞る勢いで泣くのである。

「と、ともかくご無事でよかった……あとは陛下が元にお戻りになれば……」

子供たちの泣きっぷりに戸惑いながら利汪が言った。

そこで玲琳はようやくもっとも重要なことを思い出した。

「いいえ！　それだけではないわ、夕蓮を守らなくては！」

寝ぼけていた頭がようやくはっきり働き始めたような気がする。

「夕蓮は命を狙われているのよ、今すぐ警備を強化して！」

骸を退けるには、数に頼るしかない。

しかし玲琳の訴えを聞いた一同は、別段顔色を変えるようなことはなかった。

「お二人とも、今日はお疲れになったでしょう。さあ、もう休みましょうね」

秋茗が心得たように双子を抱き上げ、部屋から出ていこうとした。

「待って！　私たち、おばあ様を……」

「大丈夫です、火琳様」

秋茗が笑顔できっぱりと言うのを聞き、火琳は驚いたように口を閉ざした。

「大丈夫、何も問題ありませんから、どうかお休みになってください。では、お妃様。失礼いたします」

有無を言わせぬ強さで言うと、秋茗は双子を連れて部屋を出ていった。

その態度を玲琳は訝しむ。いったい何だ……この空気は……

「大丈夫ですよ、玲琳様。夕蓮様が誘拐されたことは皆知っています」

「誘拐!?」

玲琳は驚いて声を荒らげた。他の者たちも逆に驚く。

「え？　ご存じなかったのですか？　夕蓮様が不審な男に攫われる現場を目撃した者

がいて、後宮中が大騒ぎになっているのです」

利汪が淡々と説明する。

確かにさっきから、部屋の外で足音や叫び声がすると思ったのだ。その喧騒と、今この部屋にいる人間の落ち着きとは、あまりに釣り合いが取れていなかった。

「お前たちはずいぶん落ち着いているわね」

鍠牙が若返った時より百倍冷静に見える。

「いや、俺らは火琳様と炎玲様の方が大事だったんでね」

「同感です。お二人のことを放置して夕蓮様を心配するなど正しくない」

「お妃様が何もご命令になっていませんから、私は何も感じません」

「あのお方のことで我々が心を煩わせる義理はありませんので」

その答えを聞いて玲琳は絶句する。

何という頼もしい臣下たちであろうかと半ば呆れる。

「お前たちの気持ちは分かったけれど、夕蓮を放っておくわけにはいかないわ。それに志弩だって……利汪、志弩は？」

「奴なら気づかぬうちに帰ったようです」

しまった……引き留めておくべきだった。玲琳は臍を噬む。

「鍠牙を取り戻すためにはあの男が必要なのに……」

「どういうことでしょう？」

怪訝な顔で問われ、玲琳は鍠牙とのやり取りと、志弩との会話を彼らにかいつまんで教えた。

夕蓮が悪ではないと証明できれば自分は玲琳のものになると、鍠牙は確かに約束した。あの男は嘘吐きだが、おそらく十七歳の今なら約束を守るだろう。

そのために、玲琳は十六年前に何が起きたか知りたかった。

鍠牙が夕蓮を悪ではないと認めるために、必要なものがそこにあるはずなのだ。

そして志弩はそこで起きたことを知っている。かつて駆け落ちした夕蓮を殺害しようとした志弩は、そこで何が起きたか知っている。知っていて……あそこまで強固に夕蓮を殺してはならないと言っていたのだ。

ならば、志弩の口を割らせるのが一番早い。

「お妃様は、夕蓮様が悪ではないと思っていらっしゃるのですか？」

妹の明明を夕蓮に殺されたと思っている利汪は険しい顔で玲琳を睨んだ。

同じく姉を夕蓮に殺されたと思っている里里は、黙って俯いている。

夕蓮をよく知らない雷真と風刃は、どう反応したらいいのか分からない様子だ。

「利汪、私は十六年前に何があったか知らないし、お前たちがいかに苦しめられたかも知らない。お前たちは好きなだけ夕蓮を憎めばいいとも思う。ただ、一つだけはっきりしていることがあるわ。夕蓮は、悪ではない。天地神明に誓って、あの女は悪ではないのよ」

それを証明するために、十六年前のことを暴くのだ。玲琳と同じように夕蓮を悪ではないと信じた男が死んだ夜のことを——

そのために志弩を捜すべきなのか……夕蓮を先に取り戻すべきなのか……

玲琳が唸っていると、部屋に秋茗が駆け込んできた。

「お妃様、大変です！」

「どうした秋茗！　お二人に何かあったのか⁉」

「違います。後宮が……変なんです」

「変？」

一同が首を捻る。

「ええと、どう説明したら……」

「分かったわ、秋茗。私が直接行くわ」

そう言って玲琳は寝台を下りる。そして着せられていたぶかぶかの寝間着を見下ろし、苦笑する。

「けれどまず、私が着られるものを持ってきてちょうだい」

秋茗が用意したのは火琳の衣だった。

ゆったりした意匠だったので、玲琳は問題なくそれを着ることができた。

それに着替え、後宮の廊下を闊歩(かっぽ)する少女。

その後ろには遥かに背の高い大人たちが付き従っている。

玲琳は歩きながら後宮の異変を感じ取る。

なぜこんなに静かなのだろう？　さっきまで、攫われた夕蓮を案じて後宮の人々は大騒ぎをしていたはずだ。その声は玲琳の部屋まで聞こえてきた。それなのに、今はしんと静まり返って不気味な空気を醸し出している。

人が——いないのだ。

女官たちはいったいどこへ行ってしまったのか……玲琳たちは後宮を歩き回り、外へ繋がる廊下を足早に進み、ぎょっとして立ち止まった。

そこには泣いている若い女官が二十名ほどと、それを慰める衛士たちがいた。

彼らを見て、玲琳は更に疑問を深める。少ない……少なすぎる。

魁の王宮に勤める者は衛士や下働きの者を含めておよそ千人。その中で、貴人に仕える女官はおよそ三百人。下働きの者たちが玲琳の前に姿を見せることはあまりない。ゆえに、後宮は女官の園と言っていい。

その園を埋めるべき二百八十人はいったいどこへ行った……？

彼らはこちらを振り向き、見知らぬ少女に一瞬きょとんとする。

「え……火琳様？　じゃ、ない……？　似てるけど……誰？」

「李玲琳よ」

端的に名乗ると、女官たちは仰天する。

「お妃様⁉」

「ええ、そうよ。何があったの？」

「お妃様！　お助けください！」

女官たちは王妃が突然幼女になったという事態を一瞬で受け入れた。この王妃なら何をしても不思議ではないと思っているのかもしれない。

「落ち着きなさい、どうしたの？」

「分からない……分からないんです！　みんな……王宮の外へ出ていってしまって、様子がおかしくて……」

若い女官たちは泣きながら訴える。

「分かった、私が追いかけて確かめるわ。ちゃんとみなを連れて帰るから泣くのはおやめ」

「お妃様……！」

感極まったように見つめてくる彼女たちを置き去りに、玲琳は走り出した。

嫌な予感がする……まずい予感がする……

「玲琳様！　どこ行くんですか!?」

「言ったでしょう？　彼らを追いかけるのよ」

「俺もお供します！」

「私も！」

追いかけながら申し出る二人の護衛を振り返り、玲琳は冷ややかに告げる。

「恐ろしいものを見る覚悟があるのならついておいで。ただし、ついて来られなければ置いていくわ」

後宮を飛び出すと厩へ向かい、駿馬を一頭強奪する。

城門まで駆けると、門は開いていて放心した門番たちが佇んでいた。

「女官たちはここを通ったね!?」

馬上から声を張って問いただすと、門番はびくりとして顔を上げた。

「え、誰？」

「答えなさい！」

「は、はい！　通りました。あれはいったい……」

「あれは私の大切な女官たちよ。連れて帰るから城門を開けて待っていなさい」

そう告げると、玲琳は小さな体で馬を駆った。

「お妃様！　彼女たちがどこへ向かったのか分かるのですか!?」

必死に玲琳の後をついていきながら雷真が聞いてくる。

「おそらくね」

それだけ告げて馬の速度を上げる。

夜の街を、三頭の馬は激走した。いつしか雪はやんでいる。

もはや深夜の通りを歩く者は一人もおらず、街は静まり返っている。

向かうのは今日一度訪れた場所だった。

「玲琳様！　この道ってまさか……」

「ええ、女官たちは攫われた夕蓮を取り返そうとしているのよ」

彼女を攫ったのは骸であり、鍠牙だ。ならば——

「向かう先は裏街の妓楼だわ」

全速力で馬を走らせ、三人は裏街へとたどり着いた。

そしてそこに広がる光景に戦慄する。

手に包丁や鍬（くわ）や剣を持った女官たちが、ぞろぞろと雪の道を歩いているのだ。

その数およそ二百八十——後宮から消えた女官たちが行軍していた。

これが武装した軍人であったなら、驚くには値しない。

しかし彼女たちは王宮で働くための上質な衣装を身にまとった非力な女性である。それが武器を手にして雪の中を歩くのは、あまりに現実味がなく不気味だった。

一様に鬼のような怒りの形相で、きつく歯を食いしばっている。

前に立ったら殺される――と、玲琳はとっさに思った。

「何だよあれ……」

風刃が白い息を吐きながら、信じられないというように呟く。

「お妃様、何かなさったのですか？」

雷真が声を潜めて聞いてくる。

異常事態があればとりあえず玲琳を疑う――というのをいいかげんやめてほしい。

玲琳は軽く手を動かして連れを黙らせ、人の群れに向かって声を張った。

「お前たち、どこへ行くの？」

彼らは同じ動きでぐるりと振り向いた。

「……夕蓮様をお救いするのです」

「そうです、夕蓮様をお助けしなくちゃ……」

「夕蓮様が悪漢に攫われるところを見ました。夕蓮様は私たちに手を伸ばして、助けてとおっしゃった」

「私も見ました。悪漢は助けを求める夕蓮様の頬を殴ったんです」

「きっと陛下がお命じになったんだわ」

「そうよ、陛下は夕蓮様をずっと離れに閉じ込めていたもの」

「許せない……」

「ええ、許せない……」

「私たちの手で夕蓮様を取り戻さなくては……」

異常にぎらついた無数の瞳。玲琳が何者であるか気にしてもいないようだった。

夕蓮に心を奪われた女たちの群れ……玲琳が嫁いでくる八年前から後宮に仕えていて、夕蓮を主と仰いできた者もいれば、離れに幽閉された夕蓮にうかと近づき一瞬で籠絡され、通いつめた者もいる。近づくこともできず、ただただ遠まきに見ていただけの者もいるだろう。

その群れの中に、見覚えのある女官を見つける。

鍠牙が若返った姿を最初に目撃した、鍠牙のお付き女官の一人。鍠牙の言いつけでしばしば夕蓮の様子を監視していた女官だ。あの女官は鍠牙の異変も家出も知っているし、今どこにいるかも知っている。彼女が夕蓮の誘拐と鍠牙を結び付けた——としたら、彼らが今しようとしていることは——

玲琳の背筋が凍った。

まるで悪疫だ……

一人の女のために暴力を行使する、悪疫の群れ……

止められる者は誰もいない……

「何だこれ、何の冗談だよ。こんなの、何かタチの悪い病気としか思えない。いったい何なんだ!?」

風刃が引きつった顔で無理やり笑う。

「そうね……お前たちは夕蓮という女をあまり知らないのだものね……」

「知りませんよ、会ったこともない。何なんです？　こいつらいったい、何するつもりなんだ!?」

「彼らの言葉通りよ。夕蓮を取り返すつもりなんだわ」

「お妃様……女官たちを止められますか？」

「無理だわ。私は今、蠱術が使えない」

これを止められる者がいるとしたら……

玲琳は再び馬を走らせ、女官の群れを追い抜いた。彼女たちの列は長く、先頭はもう妓楼のすぐ目の前に達していた。玲琳は腹を括り、彼女たちの前に立ちはだかった。

憎悪のまなざしを一身に集めながら、一部の女官たちに十六年前の駆け落ち事件について聞き回った時のことを思い出す。

当時のことは覚えていないと、みなが口をそろえて言った。だが、そうではなかったとしたら……？　彼女たちが、当時の悍ましい出来事を全て覚えていて、口を噤んでいただけだとしたら……？　そんな狂気を抱えたまま、彼女たちは長年夕蓮という女に仕え続けてきたのだ。

ここまで来たらもう、疑いようがなかった。

十六年前、夕蓮と駆け落ちした男がどうやって死んだのか……

簡単なことだ。単純なことだ。

十六年前の雪の夜、今と同じことが起きたのだ。

志弩は全力で妓楼の中を走っていた。

「鍠牙！　鍠牙！」

名を呼びながら捜しまわる。

いつも居座っている最上階の部屋に駆けこむと、そこに捜し求めた相手がいた。

「鍠牙！　今すぐここから逃げるぞ！」

周りのものなど目にも入れず、鍠牙の腕を摑む。

「志弩、お前……裏切ったんじゃないのか？　何で戻ってきた」

「うるせえ！　そんなことは後で死ぬほど聞いてやらあ！　とにかく逃げるぞ！　こ

のままだと殺される！」

「ああ……やっと来るのね」

不意に甘い声がかかり、志弩は背筋が凍るような思いがした。ゆっくり視線を動かすと、部屋の隅に膝を抱えた夕蓮の姿がある。

「あら？　あなたのこと、知ってるわよ。鍠牙のお友達でしょう？　十六年前、私を殺しに来たあの子でしょう？　馬鹿ねえ……あなた覚えているんでしょ？　何があったか知ってるんでしょ？　だったらこれからここで何が起きるか、分かってるのよね？　なのに戻ってきたの？　お馬鹿さんねえ……」

くすくすと夕蓮は笑う。

「おい、何が起きるっていうんだ？　いいかげん教えろ」

鍠牙が痺れを切らしたように聞くが、夕蓮は不敵な笑みを浮かべるだけで答えなかった。

すると、夕蓮の反対側に立っていた骸がぴくりと反応して顔を上げた。

彼は足早に窓へ近づくと、開け放って外を見た。闇に目を凝らし、悪い目つきを極限まで悪くして睨みつける。

「何だ、あれは……」

鍠牙と志弩は同時に窓へ駆け寄り、外を見る。言葉を失う。

妓楼の周りを、何百人もの女が取り囲んでいるのだ。そしてその先頭に、騎馬の少女が立ちはだかっている。

「くそっ……間に合わなかった……」

志弩は頭を掻きむしって歯噛みした。

「ふふふ、来たわねえ」

夕蓮が愉快そうに笑った。

「お前まさか……！　あの時助けてなんて叫んだのは……！」

骸がはっとして夕蓮に詰め寄った。

「だからって、殴るのは酷いと思うの。私が案内したあの抜け道ね、あの時間は人目が結構あるのよ。あなた馬鹿正直に、私の教えた通り私を攫ってくれたわねえ。私のためならあの子たちは何でもするわ。十六年前のあの夜もそうだった……ねえ鍠牙、あなたはそれを見てたわね？」

夕蓮は優しく微笑む。その笑みは、人のそれではなかった。

「みんな私が大好きなの。私のためなら何でもするの。私の傍にいるために、私を少しでも喜ばせるために、私を他の誰かに渡さないために、みんな人でも殺しちゃうの。ねえ……あなた私が悪かどうか知りたかったのよね？　教えてあげる。私はね、悪なんかじゃないわ。私は……化け物なの。だから悪にはなれないのよ」

閉ざされた妓楼の扉を、斧(おの)で叩き壊す音がする。

死を——もたらす音だ。

そこで突然、鍠牙が自分の腕を押さえた。

手首の傷痕から血が滴る。

顔をしかめ、よろめき、そして暗黒の世界に囚われた。

◇

鍠牙が母の異質に気づいたのは七歳の時だった。

母に仕えていた護衛が、母に愛を打ち明けるのを間近で見た。

翌日、その護衛は首を吊って死んでいた。

深夜に女官の一人が護衛を木に吊るすところを、鍠牙と母は偶然見ていた。

あなたを奪われたくなかったと女官は泣いた。

困った子ね……と母は言った。

母は善良だった。意図的に人を傷つけることはなかった。後宮は平和だった。

しかし鍠牙は、母が恐ろしかった。

母の支配する後宮は間違いなく平和だった。しかし、母の一存でクビになる女官や衛士が多いのも確かだった。
十歳になったある時、鍠牙はクビになった者の行方を調べた。
全員が死んでいた。
——あの方のお傍にいられないなら生きている意味がない——
そう遺書を残し、みなが命を絶っていたのだ。
「母上、どうして彼らをやめさせたんですか？」
そう尋ねた鍠牙に母は答えた。
「あの人たちはみんな『困った子』だったからよ」
それはかつて、護衛を殺した女官に母が言った言葉である。
母は悪いことをしていなかった。だから鍠牙は母が恐ろしかった。
母は出会う全ての人々に愛された。
母のお願いを聞かない人はいない。
相手が人であっても獣であっても同じだ。
夕蓮という女は全ての者に愛された。
鍠牙は夕蓮が怖かった。
何より一番恐れたのは——弟が夕蓮に狂わされることだった。
男でも女でも人でも獣でも引き寄せる夕蓮に、弟が魅入られることが怖かった。

そして十二歳になった時、鍠牙は毒を飲まされた。

自分に毒を盛る犯人が夕蓮でなければいい……何度もそう思ったが、犯人が夕蓮であることを鍠牙はとっくに確信していたのだ。

どうして彼女がそんなことをしたのか……鍠牙には分かっていた。

自分が選ばれたからだ。

退屈と愛を持て余した夕蓮を殺す者として、鍠牙は彼女に選ばれた。

毎日運ばれる毒の入った茶を、ある日鍠牙は弟に飲ませた。

弟に同じ苦しみを味わってほしくて……同じように夕蓮を憎んでほしくて……夕蓮の恐ろしさを分かってほしくて……鍠牙は弟に毒を飲ませた。

自分が死なないのだから、弟も死なないと思っていた。けれど弟は死んでしまった。

自分は夕蓮と同じものになったのだ……

自分は彼女から生まれ、彼女を殺す者として選ばれた。だから彼女が人を死なせるのは、鍠牙が殺したのと同じこと……鍠牙が役目を果たせていないということ……

彼女の周りに蠢く、愛と狂気と痛みと血と死……その全てが鍠牙の罪業だ。

それ以後、鍠牙が毒を飲まされることはなくなったけれど、それでも後宮では次々とクビになる者が出る。そして後宮はいつも平和だ。

その陰で、どれだけ人が首を吊っていたとしても……

この後宮で鍠牙だけが、日々罪を重ねてゆくのだ。

鍠牙は夕蓮が恐ろしくて……同じくらいに愛している。

だから彼女を殺せない。

そしてまた後悔する。

次に死んだのは許嫁の明明だった。

鍠牙は十七歳になっていた。

「母上を殺してやりたい……」

怒りと後悔に苛まれ、ある日鍠牙はうずくまって吐き出した。

「鍠牙、そんなことは考えないでくれ。彼女が悪いわけじゃない、彼女は何一つ悪くないんだ。君が彼女を誤解しているだけなんだ」

師は鍠牙の肩に手を置いてそう言った。

この人は何を言っているんだろうと鍠牙は思った。

夕蓮が悪くないはずがない。

夕蓮が悪くないのだとしたら……そうか、自分が悪いのか……

殺してやらねばならない人を、今でも殺してやれない。

「大丈夫……君が手を汚す必要なんかない。私が何とかするから……」

「本当ですか？　お師様」

「ああ、きっとそれが私の役割なんだ」

鎧牙はその言葉に安堵した。鎧牙に与えられた役割を、師が代わってくれるというのなら、鎧牙はもう罪を重ねなくて済むのだから……

この人は鎧牙に決して嘘を吐かない。だから鎧牙は彼の言葉を信じた。

そしてその直後、夕蓮と譲玄は駆け落ちした。

この人でもダメだったのだ……夕蓮を殺すことはできないのだ……

だからやはり、鎧牙がこの手でやらなければならない。

鎧牙は最も信頼する友の志弩に助力を乞い、夕蓮を殺すことを決意した。

前日に降った雪が積もっていて、世界は白くなっていた。

その白い世界につけられた跡を追い、鎧牙と志弩は雪原でその馬を見つけた。

夕蓮と譲玄が二人一緒に乗っている。

ああ、これでようやく自分は役目を果たせるのだと……重ね続けた罪を償うことができるのだと……安堵しながら自分の乗っている馬を駆った。

しかしその時、夕蓮と譲玄の乗る馬が矢で射られた。

二人は暴れる馬から振り落とされ、雪原に倒れる。

数えきれないほどの馬車が二人を囲む。馬車から降りてきたのはよく見知った女官たち。三百人に及ぶ人の群れ——

女官たちは無言で剣や斧を振り上げ、譲玄に叩きつけた。

残虐極まるその光景を、鍠牙はただただ見ていた。

血まみれになり動かなくなった譲玄を見て、ようやく彼女たちは武器を捨てた。

呆然としている夕蓮に歩み寄り、先頭にいた者たちが夕蓮に抱きついた。

「どうか私たちを捨てないで……」

そう言って彼らは泣いた。女神にすがる羽虫のようだと鍠牙は思った。

「困った子たちね……」

夕蓮はそう言って、彼女たちの背を順に撫でた。

それを見て、鍠牙はふらふらと彼女たちに近づいた。

その中心に、いつもと何も変わらない美貌の女がいる。そしてその傍らに、変わり果てた姿の譲玄が横たわっていた。腹には剣が突き刺さっている。

「鍠牙様……どうしてここに……」

彼女たちは放心したように言った。しかし鍠牙は彼女たちなど目にも入らない。

「お師様……何で……」

見ているのは変わり果てた師の姿だけだった。あまりにも痛そうで、耐えられず、鍠牙はその剣を引き抜いた。

あたりの雪が真っ赤に染まっている。人一人の中にはこんなにも赤いものが詰まっているのかと、奇妙な感覚がした。

師の言葉は嘘だった。彼は間違っていたのだ。

彼なら夕蓮をどうにかできるなんて幻想だった。

役目を与えられたのは自分だった。夕蓮に選ばれたのは自分だった。だから鍠牙が彼女を殺して、そして彼女を愛する者たちの怒りを受け止めるべきだったのだ。

「俺が死ねばよかったんだ……そうすれば……」

少なくともお師様まで死なせずに済んだ――！

呟き、剣を強く握り直して振りかぶり、その切っ先が夕蓮に向けられた瞬間、彼女たちは豹変した。

さっきまで譲玄に向けられていた狂気じみた殺意が、鍠牙一人に向けられた。

「鍠牙！　避けろ！」

あまりの光景に立ち竦んでいた志弩が駆け寄り、鍠牙を雪の上に引き倒した。避けきれなかった腕が包丁で斬られ、手首から血が噴き出す。

彼女たちの殺意は凶器に宿り、なおも鍠牙に向けられている。

ここで死ぬのか……そう思った時、

「全員動くな!!」

雷のような怒号が飛んだ。

その言葉通り、全員がその場に凍り付いた。

鍠牙は声のした方を向く。雪原を駆けてくる一頭の馬に、男が乗っている。夕蓮の夫であり、鍠牙の父でもある国王その人が乗っているのだ。

父は白い鼻息を吐く馬を走らせ、間近で急停止させた。

馬から下りると、父は血まみれの譲玄に駆け寄った。

無残な遺体を見下ろし、しばしその場に立ち尽くす。

「お前たち、何をした？」

聞いただけで痛みを感じるような強い声が夜に響く。

狂気が覚まされたのか、女たちが武器を取り落とし、悲鳴と泣き声が雪の中に響く。

呆然と佇む鍠牙は強い力で肩を引かれ、剣を取り落とす。

「忘れろ」

厳しい声が脳天を打つが、鍠牙は反応できない。

「お前は何もしていない。お前はここに来ていない。今日の出来事を覚えていることを禁ずる」

父は再びそう命じた。

「同じことをこの場の全員に命じる。お前たちは何もしていない。お前たちはここへ来ていない。譲玄が命を落としたのは盗賊に襲われたからだ。ゆえにお前たちはここで起きたことを知らず、誰も何もしゃべらない。これを破ったものは厳罰に処す」

そして最後に父は、遺体の傍でぼんやりと座り込んでいた夕蓮の腕をつかんだ。

「どうして来たの？」

夕蓮はどことなく突き放すような冷たい声で聞いた。

「お前に愚かなことをさせないために」

いや、違う。夕蓮は何もしていない。何もしていないのに、この惨劇は起きたのだ。

「うふふ、少しだけ遅かったわねえ……あなたはいつも、遅いわね」

夕蓮は妖しく微笑みながら立ち上がった。

そして父に抱きつく。辺りがしんと静まり返る。

「私は変わらないわ……きっと同じことを繰り返す」

甘い声が父の耳に忍び込む。すぐそばにいた鍠牙にもそれは聞こえた。

夕蓮が何をさせようとしているのか、鍠牙にはすぐ分かった。

そして父も、即座にそれを理解した。

父は一つゆっくりと深呼吸し、剣を抜こうとして——その瞬間、夕蓮が別れを告げるように鍠牙を見た。どこまでも美しく、どこまでも透明な彼女のその瞳に自分の姿が映り、鍠牙は恐怖と絶望に歪んだ己の姿を見ていられず——

「やめてください！」

そう叫んでいた。

「父上……お願いですから……母上を殺さないでください……お願いですから……」

なぜ自分がこんなことを言い出したのか、鍠牙には理解できなかった。

殺すつもりでここまで来たのに、役割を果たすつもりだったのに……彼女を失うことが、あまりにも恐ろしく、耐えきれなかった。

鍠牙は自分の役割から、逃げ出したのだ。

それを自覚して絶叫する。眩暈がし、その場に倒れた。

それから数日の間高熱を出し、目が覚めた時には何もかも忘れていた。

父に命じられたのだから、鍠牙は忘れなければならなかった。

そしてその日から、抗うことをやめたのだ。

◇　◇　◇

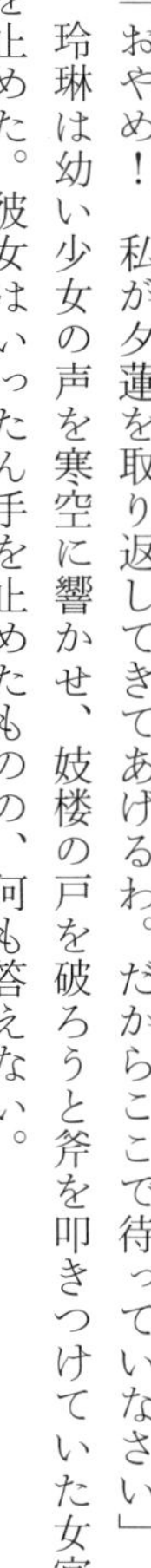

「おやめ！　私が夕蓮を取り返してきてあげるわ。だからここで待っていなさい」

玲琳は幼い少女の声を寒空に響かせ、妓楼の戸を破ろうと斧を叩きつけていた女官を止めた。彼女はいったん手を止めたものの、何も答えない。

同じく目の前に集った女官たちも、言葉を発することなく妓楼を睨み続けているのだ。彼女たちがどう反応するか全く読めず、玲琳はひやりとした。

「少しの間でいいわ。私がこの妓楼に入って、出てくるまででいい。ほんの二百、数えてくれればいい。私はお前たちの前に夕蓮を連れてくるわ」

するとようやく女官たちは反応した。

「あなたは誰？」「そんな保証がどこにあるの？」「夕蓮様が助けてとおっしゃったのよ、私たちは待たない」

口々に言う。言葉を交わしてくれたことにほっとしつつも、彼女らが玲琳の言を聞き入れてくれないことに困る。

今の玲琳には蠱術が使えない。彼女たちを抑えることができないのだ。

夕蓮がこれに気付いて出てきてくれれば……だが、彼女が玲琳の思い通りに動いてくれるかは分からない。

夕蓮は攫われたというが、そもそもそれが怪しいと玲琳は思っていた。夕蓮の意を無視して彼女を誘拐できる者がいるとは思えない。

ならば、夕蓮は自分の意志でここに来たのだ。この異常事態に気付いても、出てこないかもしれない。玲琳自身に力があれば、夕蓮をここへ引きずり出せるのに……

歯噛みしていると、

「なんだか大変なことになってますね、私の力が必要ですか？」

背後から突如そんな問いかけが聞こえた。

玲琳は飛び上がるほど驚き、しかし振り返ることなくにやりと笑った。

「遅かったわね。ええ、お前の力が必要よ」


一瞬の悪夢が過ぎ去ると、鍠牙は酷い眩暈に襲われた。全身が熱い。体中からミシミシと音がして、痛む。気持ちが悪い……

「どうした？　鍠牙、大丈夫か？」

志弩が心配そうに聞いてくる。

「ああ……大丈夫だ」

鍠牙はそう答えてふらふらと歩きだした。

不思議そうな顔をしている夕蓮に近づき、その耳元に囁く。夕蓮は驚いて何度もまばたきし、愉快そうに微笑んだ。

「ねえ、あなたここから生きて逃げたい？」

夕蓮は窓の外を険しい顔で見ている骸に問いかけた。

骸は振り向き、忌々しげに夕蓮を睨む。

「でもダメよ、だってあなた、蠱師を殺すって言ったんだもの。玲琳と炎玲を殺すって言ったんだもの。そんなのダメよ。だから……あなたにはここで死んでもらわなくちゃ……ね？」

化け物が聖女の微笑みで小首をかしげる。

「お前……化け物か……」

「ええ、何度も言ってるでしょ？　化け物よ」

「……冗談じゃない。こんなところで死ぬつもりはない。俺は一人で逃げるよ」

そして骸は部屋の端に目をやる。棚の上には金色の鳥が静かにとまっている。

「葎、逃げるぞ。こっちに来い」

その命を受け、鶏蟲は翼を広げた。しかしその時、

「そう……あなた葎って言うの？　綺麗ね。こっちへ来て」

夕蓮が甘い声音で囁きかけた。

鶏蟲はくるりと首を回し、羽ばたき、夕蓮の腕へと優雅にとまった。

「な……葎！　何やってるんだ！　ここへ来い！」

「ダメよ、行っちゃダメ」

鶏蟲は困ったように首を動かしている。愕然と凍り付いた骸を見て、鍠牙は彼に飛び掛かった。床に引きずり倒し、襟で締め上げ落とそうとする。

動揺していた骸は抵抗しながら自分を倒した鍠牙を見上げて、その姿がさっきまで

と変わっていることに瞠目する。

「お前……いつの間に呪いが解けた！」

苦しげに叫ぶ。

「ああ、いい気分で目覚めさせてもらったよ。あんまり爽快で、お前をぶち殺してやりたい気分だ」

鍠牙は凶暴に笑む。全力で締め上げるが、骸もそれを外そうと全力で抵抗する。

「くっ……蠱師への憎しみが消えたとでもいうのか？　ここ数日の記憶はあるんだろう？　母親をあれほど憎み、殺したがっていた……あの憎悪はお前のその体に刻まれてないのか？」

忌々しげな問いかけを、鍠牙は鼻で笑った。

鍠牙はずっと夕蓮が怖かった。だが——今はもっと怖い女を知っている。この世で一番怖い女に屈服させられ支配されている。だからもう、鍠牙は夕蓮を恐れる必要がなかった。

「そういう幼稚な思想は八年前に捨てたんでな」

それで骸は鍠牙がもう堕ちないと、悟ったらしかった。

肘を押されて体勢を崩され、手を振りほどかれる。自由になった骸は苦しそうに呼吸しながら剣を抜こうとした。しかし、抜刀する直前、窓から入ってきた人物が骸を蹴飛ばした。

「御機嫌如何？　下種野郎」

そう挨拶したのは玲琳の忠実な女官にして暗殺者——葉歌だった。

「鈍っていた体をちょっとばかり鍛え直してきましたわ」

骸はすぐさま起き上がり、臨戦態勢をとる。

「……はは、お前、森羅か……何してきた？　血の匂いがするぞ」

「まさか、ちゃんと体は洗いましたもの」

葉歌はくんくんと自分の腕を嗅ぐ。

「そういう意味ではないけど……な！」

最後の一音と同時に骸は葉歌へ斬りかかった。

鍠牙はその足元に、手近な皿を投げつける。骸はそれを避けて体勢を崩し——その一瞬の隙を、葉歌が見逃すはずはなかった。

「余計なことしないでくださいよ！」

ぷんぷん怒っている葉歌の手で、骸は組み伏せられていた。

身動きの取れなくなった骸に、鍠牙は怖い顔で笑いかけた。

「お前のせいで火琳と炎玲に嫌われたらどうしてくれる。ケツの皮を剝いで火炙りにしてやろうか？」

完全に本気だった。


縛り上げられた骸が雷真と凪刃の手で運ばれてゆく。

妓楼の部屋に残っていた鍠牙は、窓から外を見ている夕蓮を眺めた。

夕蓮が下に向かって手を振ると、妓楼の外に集まっている女官たちが歓喜の声を上げた。辺りに満ちていた狂気の気配が一瞬にして霧散する。

この異常事態をもたらしたのも、また終息させたのも、どちらも目の前にいるたった一人の女なのだ。

化け物なら、化け物のままでいてくれればいいのに……それなのに、この女の心根は、どこまでも善良で純粋で……だからこそ悍ましい。

玲琳と炎玲を死なせたくなかったから……ただそれだけの理由で、彼女はこの事態を引き起こしたのだ。そして鍠牙の意思を汲み取り、願いに応じた。

合図したら金の鳥を呼んでくれ、名前は葎だ——と、呪いが解けた鍠牙は夕蓮に頼んだのだ。彼女は鍠牙の望み通り動いてくれた。

この女は本当に、心から、鍠牙や玲琳や火琳や炎玲を、愛しているのだ。

夕蓮は不意に鍠牙を見上げ、無垢な瞳で問いかけてきた。

「鍠牙、私を殺さなくていいの？」

瞬間、これが最後だと鍠牙は感じた。

多分、この先二度と、彼女はこの質問をしない。本当にそれを望むなら、これが最後の機会だった。

「すまない、母上」

鍠牙はそう答えていた。

「俺はあなたを殺せない。どうしても、生きていてほしいと思ってる。あなたがそれを望んでないことは知っているのに……あなたが解放されたがっていることも知っているのに……自分に与えられた役割なんだと知っているのに……俺はあなたを殺せない。あなたの思い通りになれなくて、すまない」

「うん……いいのよ。大きくなった息子が母親から旅立つのは当たり前のことなのよ。だから、謝らなくていいのよ」

「……うん、ごめん……」

そう言った時、玲琳が部屋に駆けこんできた。いつまで経っても出てこない二人を心配したようだった。

「お前、何をあっさり元に戻っているのよ！」

怒鳴る玲琳を、鍠牙はひょいと抱き上げた。

「心配かけて悪かったな、姫」

「あら、お前……私がすぐに分かったのね？」

　驚かれて鍠牙は首をかしげる。

「ああ、急に小さくなってるな。だが、それがあなたなら、男でも女でも蟲でも獣でも幼女でも、俺は一目で分かると思うぞ」

「やはりお前は変態ね」

　玲琳は納得したように言った。

　そんな二人を見て、夕蓮が楽しそうにくすくすと笑っていた。

閑話

私は幸せな人間です。

私は祖父に愛され、父にも母にも愛され、兄たちに愛され、使用人に愛され、出会う全ての人に愛されて、何もかも思い通りになり、たとえようもなく幸せで、どうしようもなく退屈で、この上なく独りだったのです。

だから私は愛する人たちの不幸や痛みを求めるようになりました。

だって退屈でしたから。

だからたくさん悪いことをしてきました。

私はこんなに悪いのだから、早く誰か殺してくれればいいのに……毎日そんなことを考えるのです。

けれど私を殺す人など現れません。

兄はそんな私を国王陛下の妃にしました。

陛下は名を楊鍠龍(こうりゅう)といいました。

鍠龍様は、私に全く関心を抱きませんでした。

「好きにしろ」「どうでもいい」「私には関係ない」

私が話しかけても返ってくる言葉はだいたいこんな感じ。

自分がどれほど大事に愛されて育ってきたかを伝えた時、彼は私に言いました。

「それはずいぶん退屈だろうな」

人からここまで邪険にされたことがなく、無価値なもののように扱われたこともなく、蔑まれたこともなく……私はその扱いに泣きました。

自分が生まれて初めて人間になったような気がして……

私は自分がずっと孤独だったことを、その時初めて知ったのです。

その日から、私は彼に夢中になりました。

この人なら私を殺してくれると信じて……

そして私は譲玄に出会いました。

譲玄は王宮に仕える学者で、鍠龍様の友人でもありました。

彼にとっては学問が第一。それ以外は全て些事。そういう人でした。

「ねえ、私を殺してくれない？」

ある日私は聞きました。

「お前を殺すことでどれほどの損害があると思っているんだ」

鍠龍様は答えます。

「君を殺しても学問の助けにはならないよ」

譲玄は答えます。

譲玄は鍠龍様にたいそう気に入られていたので、後宮に特別な研究室を与えられていました。

私は毎日そこへ通います。私が行くと、たいてい先に鍠龍様がいるのです。

彼らは難しい話ばかりしていて私には理解できません。

私なんかといるより、二人でいる方がよっぽど話が弾んで楽しそうなのです。

無視される私はいつも、彼らにちょっかいを出す係です。譲玄の脇をくすぐってみたり、鍠龍様の背中に抱きついて歌を歌ってみたり……

譲玄は迷惑そうな顔をして、鍠龍様は怒った顔をします。

私は彼らのその顔が好きでした。

相手にしてほしいのに少しも気を引けない……自分が塵芥のごとく扱われる……そのことがこんなに楽しいとは思いませんでした。

仲良さそうにしている二人を眺めている時間が好きでした。

生まれた子供たちも可愛くて、私は心の底から幸せでした。

けれどそれでも私の周りには、いつも退屈がつきまとっているのです。

首を吊った護衛を見た時、私はこの退屈が死ぬまで続くことを確信しました。

私はどこまでも幸せで、どこまでも退屈で、どこまでも孤独でした。

「私を殺してくださらない？」

私はことあるごとに鍠龍様と譲玄にお願いしました。

悪さをしなければいつか殺してやると、鍠龍様は私に約束してくれました。

だから私は、彼の望み通り後宮を守ったのです。

困った子はいつだって次々と現れました。

私を愛する彼らは、私の望みを叶えるために……私を独り占めするために……私に愛されるために……命がけで困ったことをするのです。

だから私は懸命に後宮の秩序を守りました、いつか鍠龍様が殺してくれると信じて。

そこまで望むなら自害をすればと思う人もいたでしょう。けれど、私に自害する理由はありませんでした。

こんなにも愛されて、幸せで、自害するなんて意味が分からない。

私を退屈と孤独から解放するものは、誰かが私に向ける殺意と刃だけなのです。

そんな私を、鍠牙は恐れていました。

あの子は私を恐れていながら、それを隠して私に懐き、いつも快活に振る舞い、優秀な世継ぎと称されるほど賢い子でしたから。

この子に殺されたらどんなに幸せかと私は夢見ました。

だから私は鍠牙に毒を飲ませたのです。

鍠龍様が戦で王宮を空けていて……このまま帰ってこなかったらどうしようと思ったので……だから毒を飲ませました。

どうか私を憎んでほしい……それだけを願って飲ませました。

夕賢が死ぬとは思っていなかったのです。

あの子の亡骸のそばで、三日ほど過ごしました。好きな人が死んだ時、私はいつも心から泣き、笑います。相手を好きであればあるほどそうなのです。悲しくて、楽しくて、心を揺さぶられます。そうして束の間、退屈を忘れることができるのです。それなのにどうしてかしら？　この時の私は泣きも笑いもしませんでした。

それからすぐ、鍠龍様が帰ってきてくださって……酷く怒られたので、鍠牙に毒を飲ませるのはやめました。

じゃあ、誰がいつ私を解放してくれるのかしら？

私の周りに集まるのは退屈と孤独ばかりです。

辛い……？　いいえ、こんなに恵まれている私が辛いわけはありません。

けれど退屈なので……あまりにも孤独なので……どうか私を憎んでください、一日も早く殺してくださいと、毎日願わずにはいられなかったのです。

その願いを一番受け止めてくれたのが鍠牙でした。

あの子が十七の時、許嫁の明明が亡くなりました。私が何かしたわけではないけれど、私の困った弟が私を独り占めしたくてやったことです。

鍠牙はとても怒っていました。

そんなある日、譲玄が私に言ったのです。

「駆け落ちしようか」

ちょっと意味が分かりませんでしたし、彼には似合わない台詞だなとも思いました。

「誰もいないところへ行こう。そこで僕が君を殺すよ。だから……鍠牙をもう解放してあげてほしい。あの子は今、とても苦しんでいるから」

「うん、知ってるわ。私がそうしたんだもの」

すると彼は悲しそうな顔になりました。

「僕も知ってるよ。君が何一つ悪くないってこと」

この人は何を言ってるのかしら？　私はこんなに悪いことをしてるのに……

「私が悪くないはずないでしょ!!　私は悪い人間なんだから、今すぐ殺してよ!!」

私は叫びました。こんな風に怒ったのは初めてでした。

「うん……僕は学問一筋で変わり者だと言われて育ったから、君は数少ない友人で、その友人の望みは叶えてあげたいとも思う。だから、君を殺すよ」

私と譲玄は駆け落ちしました。

寒い雪の日で、馬に跨って遠くまで……

雪がきれいで、空気が静かで、私は心が弾んでいて、夜空に向けて歌いました。

譲玄もそれに合わせて歌いました。

私たちは研究室でよく一緒に歌っていたのです。

そんなとき、鍠龍様は気持ちよさそうに黙ってその歌を聞いていました。

あの瞬間だけ、私は人間だったと思います。けれどそんな日は、もう二度とこないのです。

「君が悪いわけじゃない。ただ、君が君に生まれたことが悪かった。それだけだ」

歌い終わると譲玄は言いました。彼は歯に衣着せぬ物言いをする人で、そういう人だから友達ができないのだと言っていましたが、その言葉はすんなりと私の中に入ってきました。

私は私に生まれたことが悪かった――

「そうね、私は私じゃないものに生まれていればよかったわ」

その時、突然馬に矢が突き刺さり、私たちは雪原に振り落とされてしまいました。

武器を手に襲いかかってくる彼女たちを見て、私は可笑しくなってしまいました。

ああ……やっぱりこの世は何て退屈なのかしら……

彼女たちが不器用に扱う剣が譲玄に突き刺さります。

私はぼんやりしていたので、それを止めることができませんでした。

譲玄は死にました。私はまた死にそびれました。

だからもう、最後までこの退屈に耐えようと思っていたのです。

そんな私の前に現れたのが玲琳でした。

譲玄によく似ていると思いました。学問一筋だった彼と、蠱術に一途(いちず)な玲琳はよく似ているような気がしました。

彼女なら私を解放してくれるかもしれないと、私は欲が出てきました。

どれだけ毒を飲ませたら、あなた私を殺してくれるかしら？

けれどそれも叶いませんでした。

だからもう、私は最後まで生きなくてはなりません。

誰もいない……たった一人の孤独の世界で……

終章

王宮の地下牢（ろう）に男は拘束された。

玲琳はそんな彼に会うため、地下牢を訪れた。

鶏蠱を奪われた骸がそこにいた。

鋼鉄の枷をはめられ、どうあがいてもただの人間が出ることはできない。

「ねえ、誰がお前にこんなことをさせたの？」

玲琳は自分の幼い胸を指した。その奥には呪物たる毒蟷螂がいる。

「お前は蠱師じゃないわ。なのにどうして、鍠牙を呪うことができたの？」

「……飛国の蠱師一族の遺産だ」

「ありえないわ」

玲琳は断言する。骸の眉間にしわが刻まれる。

「この術は――懐古の術は、私のお母様が生まれた蠱毒の里に伝わる術よ。どうあがいても、お前が使えるはずはないの」

淡々と告げてゆく。

「それにお前は鍠牙のことを知りすぎていた。それはどうやって調べたのかしら？　たった一人で、できることではないわね」

玲琳は鉄格子を摑んで顔を寄せた。

「お前、誰かと手を組んでいるね？　それはもしかして……」

玲琳はその先を言わなかった。

骸はその先を察したろうが、やはり答えない。

「まあいいわ。時間はいくらでもあるのだから、ゆっくり聞き出してあげるわ」

そう言って、玲琳は牢から離れた。

その姿をこっそり見ている者がいた。

そして深夜、その人物は密かに牢に近づいた。

驚く骸の枷を外し、外へ逃がす。

無言で走っていったその後ろ姿を見送り、骸は王宮から姿を消した。

「お前が逃がしたわけじゃないでしょうね？」

玲琳は怖い顔で問いかけた。

「まさか、どうして俺が？　奴の皮を剝いでも飽き足りないというのに」

鍠牙は不満げに言った。

二人は鍠牙の部屋で睨みあっていた。

「おい、姫……ところであなたはいつになったら元に戻るんだ？」

問われて玲琳はぐっと押し黙る。

「下手したら火琳と同じくらいに見えるな」

鍠牙は玲琳の幼い体をじろじろと眺めまわした。

「うるさいわね。私だって今必死に戦っているのよ」

言葉通り、玲琳は昼も夜もなく体内の毒蟷螂と戦い続けているのだ。

しかし未だ勝利の気配はない。

「ところでお前は、完全に元に戻っているように見えるわね」

「ああ、そうだな」

彼は肯定するが、そんなことはあり得ない。玲琳の中にはまだ、鍠牙から奪われた『時』が半分残っているのだ。

姿も記憶も元に戻っている。過去の時は戻っているのだ。だとしたら——戻っていないのは未来の時だ。

「姫、もしかして俺の寿命が縮んだままなのか？」

鍠牙は何でもないことのように聞いてきた。玲琳は顔をしかめ、しかし深く息を吐いて頷いた。

「そういうことになるわね」

「そうか……まあそれはどうでもいいが」

「どうでもいいわけがないわ。お前は私に知をもたらす毒の海。勝手に死んでいいなどと誰が言ったの」

「そうか、まあ困るなら適当に戻してくれ」

ひっぱたいてやろうかと玲琳は幼心に思った。

「ええ、戻してあげるわ。この毒蟷螂を支配して、奪われたお前の未来の時を全て返してあげるわよ」

「まあそれはどうでもよくてだな、それより自分を元に戻してくれ。そのままでは俺が触れんだろう？」

「好きに触りなさいよ。中身は同じなのだから」

「いや、背徳感極まるだろうよ」

鍠牙は苦笑いする。

そこで部屋の戸が控えめに叩かれ、そっと開いた隙間から火琳と炎玲が顔を覗かせた。二人は警戒したような顔で鍠牙を見ている。

鍠牙は一度唾をのみ、いつも通り思い切り笑顔になった。

「心配かけたな、火琳、炎玲」

すると双子は喜色満面で部屋に駆けこんできた。

「お父様！　元に戻ったのね!?」

「僕たちのこと、おもいだしたの？」

「ああ、もう何も心配しなくていい。本当にすまなかったな」

鍠牙は二人を抱き上げて頬ずりした。

「本当？　本当に二度と私たちのこと忘れない？」

「わかがえっちゃったお父様、こわかったです……むかしはあんなだったの？」

しゅーんとした炎玲に、鍠牙は答えられず困り果ててしまう。

「大丈夫ですよ」

代わりに答えたのは双子を連れてきた女官の秋茗だった。

「人というのは……特に男の子というのは、若いころ誰でも一度はグレるものです。親に反抗したり、悪い言葉遣いをしたり、無暗に喧嘩したり、盗んだ馬で走り出したり……色々な悪さをするものなんです。だからいたって健全で、心配しなくても大丈夫なんですよ」

「いや、馬を盗んだことはないがな」

鍠牙が引きつった顔で否定するが、子供たちはそれで安心したらしく、顔がぱっと明るくなる。それにつられて鍠牙の表情も緩む。

玲琳はふっと笑って鍠牙の袖を引いた。

「これ以上子供たちを心配させないためには、私も早く元に戻った方がいいようね。お前が毒の海に溺れさせてくれれば、叶うと思うのだけれど？」

童女の姿で流し目を送ると、鍠牙は思い切り嫌な顔になった。

「姫、俺はあなたが可愛いが、それはさすがに御免蒙る。もう少し成長してから出直してくれ」

「易々と私たちを忘れてしまった罰よ。お前は本当に済度し難い愚か者。少しでも反省するつもりがあるのなら、私の許しなく、死んだりしては駄目よ」

玲琳は薄い胸を押さえた。そこには彼の命のかけらが入っていて、冷たく毒々しく玲琳の胸を温めているのだった。

外伝　明けの明星

鍠牙が志弩に出会ったのは十歳の頃だ。

懇意にしている暗殺者の息子――そう父に紹介された。

初対面の時、相性はとても悪かった。志弩は生意気な男で、鍠牙はその場で殴り合いをしてしまった。あっけなく敗北し、それから幾度となく彼のもとへ通って戦いを挑むことになったのだった。

その日も鍠牙は志弩が根城にしている妓楼を訪れた。

十六歳になっていた。

「ああ疲れた……」

いつも志弩が使っている最上階の部屋に入るなり、鍠牙はため息をついた。

「鸞英、今日もあんたを買いにきたぜ」

どかっと座った鍠牙を鸞英は優しく迎える。

「はい、どうぞ」

鸞英は志弩の幼馴染で、鍠牙が知る限り最も優しい女性だった。

鍠牙は、敷布の上に座って両手を広げ迎え入れてくれる鸞英の膝に頭を乗せた。

「お前はいつも、ここに何しに来てんだよ」

志弩が呆れたように言いながら鍠牙の足を蹴った。

「うるせえよ、俺は鸞英の膝を買うのに大枚はたいてんだよ」

鍠牙は横になったまま志弩を蹴り返す。

「こら、けんかしないの」

鸞英が鍠牙の頬をつねる。

「ガキ扱いすんのやめろよ」

鍠牙はムッとして手を払う。

「だって、弟を思い出すんですもの」

鸞英は懐かしそうに笑った。その笑顔を、ずっと見ていたいなと鍠牙は思った。

「……俺、鸞英を身受けしようかな」

ぼそっと言う鍠牙を、鸞英は真顔で見下ろした。

「何言ってるんですか？」

「俺が鸞英を身受けすれば……鸞英は弟と暮らせるだろ？　それで志弩と結婚して、そのうち子供でも生まれたら……俺はその子を可愛がるよ」

弟みたいに——とは言えなかった。

「……てめえ……馬鹿だ馬鹿だと思ってたけど、糞馬鹿(くそ)だな」

「なんでだよ！」

鍠牙が怒鳴りながら起き上がると、志弩はいきなり鍠牙を引っ張り立ち上がらせた。

そのまま問答無用で殴りつける。

「何すんだ！」

「いや、普通にムカついたからぶっ殺す」

と、鍠牙にのしかかり、情け容赦なく拳を浴びせてくる。鍠牙は必死に抵抗したが、あっけなくボロ雑巾にされた。

「だから、けんかしちゃダメって言ってるでしょ？」

ボロ雑巾になった鍠牙は、再び鸞英に膝枕されながらも、ふてくされて答えない。

「もう一度同じこと言ったらお前と絶交する」

少し離れたところに胡坐をかいて志弩が言う。

「……なんでだよ」

「鸞英を侮辱するな」

真剣な顔で言われ、鍠牙は何も言い返せなくなった。

「ふふ、これからも私の膝を買いに来てくださいね、鍠牙様」

鸞英は優しく笑って鍠牙の頭を撫でた。

その時——突然何の前触れもなく部屋の扉が開いた。

鍠牙より少し年上の少女が、目を怒らせてずかずか入ってくる。

ぎょっとして起き上がった鍠牙を、少女はいきなり蹴飛ばした。

「鍠牙お前！　勝手に逃げてんじゃねえ！」

少女はどすの利いた声で怒鳴る。

「明明！　何でお前がここに……」

「何でここにじゃねえ！　何約束破ってんだ！　今日は私と稽古の約束だろうが！」

「約束なんかしてない！　お前が勝手に言ってただけだ！」

鍠牙は立ち上がって逃げ出す体勢になる。

「よかったな、鍠牙。可愛い許嫁が迎えに来てくれて」

志弩がにやにやと笑った。

「てめえの目は腐ってんのかよ」

悪態をつく鍠牙の襟首を摑み、明明はにっこり笑う。

「何よ、どっからどう見ても可愛い許嫁でしょ？」

これはどう答えるのが正解だ？　冷や汗をかいた鍠牙に顔を近づけ、明明は怒る。

「あのさ、あんた勝手にいなくなったら私が心配するじゃないの」

「……ごめん」

「うん、許さないから百発殴らせて」

「嫌だよ」

「しょうがないな、じゃあ九十九発でいいよ」

「よくねえ……」

鍠牙はげんなりしてきた。

「何なんだよお前は、何でも暴力で解決するなよ、そんなに俺が嫌いか！」

「好きよ」

即答されて鍠牙は固まる。

「あんたのことなんか大好きよ。好きじゃなければ、私に勝てたらお前のものになってやる――とか言うわけないじゃない。それであんた、昨日初めて勝ったんでしょ？だから今日、あんたのものになりに来たのよ。それで逃げるとか何なの？」

明明は目を吊り上げてズバズバと言う。鍠牙は固まったまま真っ赤になった。

「思い出したら腹立ってきた。とりあえず千発殴っていい？」

明明が拳を振り上げた時、どかどかと足音がして明明の兄である利汪が駆け込んできた。

「明明！　お前！　また鍠牙様に暴力を……！」

妹を追いかけてきたらしく、息も絶え絶えに叱責する。

「何だよ、お前まで来たのか、利汪」

志弩が笑いながら言った。

「馴れ馴れしく呼ばないでくれないか」

利汪は気難しい顔でぷいっと顔をそむける。

「鍠牙様、ここに出入りするのはお控えくださいと何度言ったら分かるんですか」

背筋を伸ばし、咳払いし、鍠牙の首根っこを摑まえる。

「さあ、帰りますよ」

鍠牙は無理やり引きずり出される直前、明明の方を振り返った。

「明明！　俺はお前が好きだけれども、心からお前を好きだけれども、少し心の準備をさせてくれ！」

身を乗り出して言い放った。

明明はきょとんとし、利汪は呆れ、それを見た志弩がけたけた笑い出した。つられて鸞英も笑い出す。

「あんたは……腰抜けか!!」

顔を真っ赤にして怒る明明を見て、笑っている志弩と鸞英を見て、心配そうに呆れている利汪を見て、鍠牙は不意に、心から幸せだなと思った。

ああ、だけど……この人たちが本当に好きだけれど、とても大切だけれど……自分がこの人たちに心をさらけ出す日は死ぬまで来ないのだろうなと思う。

きっと今日も明日も嘘を吐き続け、苦しむ姿を永遠に見せることなく、自分は死んでいくのだろう。

そんな自分を見せられる相手が……いつか現れる日は来るのだろうか？

いや、そんな人は……きっとこの世にいないのだ。

冷たい風が胸の穴を吹き抜ける。

楊鍠牙が李玲琳と出会うのは、これから九年後のことである。

―――本書のプロフィール―――

本書は書き下ろしです。

小学館文庫

蟲愛づる姫君
王子は暁に旅立つ

著者　宮野美嘉

二〇二一年十二月十二日　初版第一刷発行

発行人　石川和男
発行所　株式会社 小学館
〒一〇一-八〇〇一
東京都千代田区一ツ橋二-三-一
電話　編集〇三-三二三〇-五六一六
　　　販売〇三-五二八一-三五五五
印刷所――図書印刷株式会社

この文庫の詳しい内容はインターネットで24時間ご覧になれます。
小学館公式ホームページ　http://www.shogakukan.co.jp

ISBN978-4-09-407100-9